口述我的乡村慈善故事

题字：许长恩

沭河是鲁南苏北母亲河

莒南县尊老爱老爱心公益协会会长、乡村慈善家　刘书收

从小教刘书收"人行好事,莫问前程"的爹娘(前排中间),直到他们的孙子结婚,才留下人生的第一张照片。

刘书收在 1999 年《村民委员会组织法》正式颁布后的第一次换届选举中,被村民"海选"为村主任;2005 年党的生日那天,他当选村党支部书记。

2022 年,刘书收一家被评为"临沂市最美孝老爱亲家庭"。每个家庭都有各自的不同:书香门第,商业世家,官宦之家……按刘书收的说法,他们只是普通的沭河人家。

2013 年 9 月,在刘书收的感召和带领下,大王刘庄刘氏兄弟爷们发起成立了"临沂最美夕阳红慈善协会"。

2017年"九九重阳节"，临沂市委书记王玉君（左二）握着刘书收的手，拉家常一般说：你今天来开会是值得荣幸的，今天上午是专门表彰你们这些好心人的（前排右二为临沂市慈善联合总会会长徐福田，前排右一为临沂经济技术开发区管委会主任书记陈一兵）。

2018年，刘书收们完善慈善协会注册手续，由"临沂最美夕阳红慈善协会"，变更为"莒南县尊老爱老爱心公益协会"。

百岁老人是福星，是祖国由弱变强繁荣昌盛的见证者、实践者和贡献者。"爱心之旅小站"记录下他们十年的看望百岁老人之路。图为刘书收会长走访看望莒南县大店镇张家岭村109岁老母亲侯凤娥（右一）。

临沂市慈善联合总会会长徐福田（左一），在"十大沂蒙孝星"颁奖时说："慈孝是仁爱之心的具体体现，也是社会主义核心价值观的重要内涵。"

2022 临沂市"平凡之光"年度人物颁奖。刘书收会长获奖，颁奖词说："那些普通人的平凡和担当，无不闪耀着沂蒙人奋斗的光辉。"

2019 年 11 月 30 日，刘书收在北京参加中国企业慈善公益500 强发布暨第三届中国企业慈善公益论坛会，他用饱含泥土味的家乡话，讲述他们乡村慈善团队的故事。图为与中国扶贫基金会脱贫攻坚部主任赵溪花（右一）合影留念。

刘书收们的乡村慈善故事

卢言学　主编

九州出版社
JIUZHOUPRESS

图书在版编目（ＣＩＰ）数据

刘书收们的乡村慈善故事／卢言学主编 -- 北京 ： 九州出版社，
2024.3

ISBN 978-7-5225-2770-3

Ⅰ．①刘…Ⅱ．①卢…Ⅲ．①故事—作品集－中国－当代
Ⅳ．① I247.8

中国版本图书馆 CIP 数据核字（2024）第 068424 号

刘书收们的乡村慈善故事

作　　者	卢言学　主编	
责任编辑	郝军启	
出版发行	九州出版社	
地　　址	北京市西城区阜外大街甲 35 号（100037）	
发行电话	（010）68992190/3/5/6	
网　　址	www.jiuzhoupress.com	
印　　刷	山东和平商务有限公司	
开　　本	880 毫米 ×1023 毫米　32 开	
印　　张	7.75	
字　　数	160 千字	
版　　次	2024 年 3 月第 1 版	
印　　次	2024 年 3 月第 1 次印刷	
书　　号	ISBN 978-7-5225-2770-3	
定　　价	48.00 元	

奉 献
——写给刘书收会长

刘兆鹏

年轻时

做过苦力

干过小买卖

当过运输工

迫于生活的压力

啃着冰冷的馒头

却

不愿意多花两元钱买一份青菜

星光不问赶路人

时光不负有心人

苦心经营

励精图治

你终于

功成名就

成了远近闻名的"有钱人"——

民营企业家

爷孙牵手相视笑
天伦之乐尽逍遥？
燕雀焉知鸿鹄之志哉
苦难群众在悲伤
孤寡老人在叹息
优秀的贫困学子买不起纸和笔
岂能袖手旁观

打破世俗的枷锁
顶着流言和异样的眼光
走街串巷　风雨无阻
嘘寒问暖　关怀备至
数十年如一日
无怨无悔
积攒下的钱
倾囊相授　不眨一下眼
从此
苦难群众
优秀学子
孤寡老人
有了温暖的臂膀和希望

累吗
脚下的路也丈量不出他的长度
苦吗

路边的大树衬不出他的高度
感动吗
云儿哭了
婆婆哭了
爷爷也哭了
幸福吗
太阳笑了
小鸟笑了
小草也笑了

（刘兆鹏，莒南县第八中学教师，山东省散文学会会员，公益爱心人士）

序 言

临沂市慈善联合总会会长　徐福田

　　"怀有仁爱之心谓之慈；广行济困之举谓之善；慈善是仁德与善行的统一。"慈善是中华民族世代相承的传统美德，是社会文明进步的重要标志。莒南历史厚重，人文璀璨。这里是沂蒙革命老区的重要组成部分，是沂蒙精神的重要发源地，被誉为"齐鲁红都"。革命战争年代，中国共产党领导下的第一个省政府——山东省政府在大店镇宣告成立。渊子崖村民用鲜血和生命保卫家园，谱写了"中华抗日第一村"的不屈保卫战；大店镇庄孝光家族主动捐献宅院支持抗日民主政权，用开明大义谱写了家国情怀；"一门三英烈之父"刘永良的感人事迹响彻大江南北。这里有厉家寨、王家坊前、高家柳沟三个受到毛泽东主席亲自批示的先进典型。这些都为莒南慈善事业发展厚植了人文沃土，提供了宝贵的精神财富。

　　善行义举，汇聚慈善力量。近年来，莒南县委县政府高度重视慈善工作，县委、县政府等主要领导积极参加慈善活动，发挥了示范引领作用，"仁爱莒南"建设成效显著。一大批爱心人士不断涌现，刘书收同志就是其中的典型代表。他是一名共产党员，曾多年担任村党支部书记。十年前，他组织成立了"莒南县尊老爱老爱心公益协会"，累计捐款数百万元，走访慰问贫困老人、抗战老兵、新中国成立前老党员、百岁老人等6600余人次,行程60多万公里。刘书收同志和他带领的公益协会先后荣获"沂蒙爱心使者""十大沂蒙孝星""临沂好人""临沂慈善奖·先进个人""2019中国公益慈善500强"等荣誉称号。

大道至简,大爱质朴。刘书收同志有着深厚的慈善情结,源于他是一个地地道道的农民,接受的传统家庭教育里流淌着"崇德向善"的慈善基因;他曾经亲历过饥寒交迫的困难生活,也曾受到好心人的接济,对他人的苦难感同身受,抱有"被别人帮助过,也要帮助别人的"朴素情怀,怀有一颗感恩的心,激励着他带动更多人去帮助需要帮助的人。协会慈善志愿者有工人、农民、教师、医生、律师、手工艺人、货车司机等来自各行各业的普通百姓。他们心怀大爱,专注做好每件小事情,以各自的方式自觉践行"崇慈向善 扶贫济困"思想,积极弘扬了"乐善好施 助人为乐"的传统美德。一个个饱满鲜活的故事讲述展现了沂蒙爱心人士朴素的情怀,饱含着德善致远的深刻道理,值得被记录,更值得被发扬光大,让更多的爱心人士加入慈善队伍中来,激发起全社会人人参与慈善的磅礴力量。

习近平总书记强调"慈善事业是一项全民的事业。""要广泛普及慈善文化,弘扬慈善精神,宣传慈善典型,激发社会各界参与慈善事业的热情,在全社会形成人人心怀慈善、人人参与慈善的浓厚氛围。"特别是党的十八大以来,慈善事业上升为坚持和完善社会主义基本经济制度、推动国家治理体系和治理现代化的战略高度,被赋予了参与第三次分配、改善收入和财富分配格局、推动共同富裕的重要使命和社会责任。我们要坚持以习近平新时代中国特色社会主义思想为指导,在市委、市政府的坚强领导下,坚守初心,勇于担当,无私奉献,用点滴慈善微光汇聚成沂蒙爱心的澎湃海洋,积极构建"政府与民间、精英与大众、传统与现代、线下与线上"相结合的现代慈善新格局,努力在我市实现"让贫困者远离饥荒,让病痛者告别忧伤,让孤独者得到抚慰,让辍学者重返校园,让老年者安享晚年,让残疾者更加坚强"的人间愿景,为推动临沂"走在前、进位次、提水平"做出新的更大贡献。

是为序。

2023 年 12 月

目 录
Contents

卷首诗　奉献／刘兆鹏 ……………………………… 001
序言／徐福田 ……………………………………… 001

第一章　在沭河畔长大

我是喝沭水长大的孩子／刘书收　口述　卢言学　整理 … 001
"空竹"抖出兄弟情／吴侠青 ……………………… 006
从善如始／薛　飞 ………………………………… 009
用慈善行动为不幸的人生撑起一把伞／李恩美 ……… 013
刘爷爷给了我勇敢活下去的信心／苗　苗 ………… 016
值得铭记的一次旅游／葛绪慈 …………………… 020
慈善是每个人必备的品德／刘朝杰 ……………… 022

第二章　在母教下成人

俺娘教我从小做个好人／刘书收　口述　卢言学　整理 … 024
我遇到一束光／李　霞 …………………………… 030
涵养家续精神血脉／刘兆鹏 ……………………… 032
真挚的爱，让我永远感恩／徐　杨 ……………… 036
叫一声"老妈妈"／付秀金 ……………………… 039
看望王仲友：善与孝的美好相遇／史　峰 ……… 042

动人的场景让人心暖 / 刘书生 ················· 046

第三章　做普通沭河人

我们是普通的沭河人家 / 刘书收　口述　卢言学　整理 ··· 048
携手同行公益路 / 刘景凯 ················· 054
我是慈善队伍里的一滴水 / 刘家维 ············· 058
良好家风育公益新人 / 史　峰 ··············· 062
用良好家风呵护博爱新苗 / 史　峰 ············· 066
穿越风雨的相见 / 史　峰 ················· 069

第四章　传承家族血统

家族精神点燃慈善之光 / 刘书收　口述　卢言学　整理 ··· 073
为了世界更加美好 / 刘厚坊 ················· 079
做新时代敬老青年 / 刘　尚 ··············· 083
尊老敬老爱老　弘扬良好风尚 / 刘书利 ·········· 086
慈善路上二三事 / 刘景阳 ················· 090
吃百家饭长大的孩子 / 刘朝军 ··············· 094
敬老爱老，从你我做起 / 刘景华 ············· 096

第五章　构建民心工程

夯实乡村慈善民心工程 / 刘书收　口述　卢言学　整理 ··· 098
吃水不忘打井人 / 薛久海 ················· 104
我用农用货车拉轮椅 / 刘景国 ··············· 106

海外游子情系家乡 / 吴佩钊 •••••••••••••••••• 108

没离开过家门的农村妇女 / 许兰荣 •••••••••••• 110

留下公益慈善的感动瞬间 / 高忠熙 •••••••••••• 112

传承优良传统，做敬老爱老模范 / 刘景文 ••••••• 114

第六章　助力乡村慈善

众人拾柴助燃乡村慈善 / 刘书收　口述　卢言学　整理 ••• 116

百合家政集体加入志愿大家庭 / 王树粉 •••••••••• 122

花馍飘香献爱心 / 孙李伟 •••••••••••••••••• 124

退伍军人的慈善情怀 / 王成国 ••••••••••••••• 126

亿缕阳光为爱圆梦 / 杜西娟 ••••••••••••••••• 128

一次尴尬的现场录像 / 吴绍福 •••••••••••••••• 131

感恩有你 / 王文杰 ••••••••••••••••••••••• 133

第七章　打造慈善品牌

铸就乡村慈善红色品牌 / 刘书收　口述　卢言学　整理 ••• 135

在红色沃土播撒慈善真情 / 史　峰 •••••••••••• 140

自卫反击战老兵给刘会长的信 / 吴运伟 ••••••••• 146

在慈善道路上寻访革命精神 / 史　　峰 •••••••••• 150

守护好"厉家寨"这面旗帜 / 徐田东 •••••••••••• 153

我为会长写心声 / 明立果 •••••••••••••••••• 155

敬老爱老永远在路上 / 刘书习 •••••••••••••••• 158

第八章　树立孝慈标杆

树起乡村孝慈文化标杆／刘书收　口述　卢言学　整理 ⋯ 160
一次难忘的走访活动／王首富 ⋯⋯⋯⋯⋯⋯⋯⋯⋯ 166
看望百岁老人侯记森：寻常人家的幸福密码／史　峰 ⋯ 168
从来没离开过一亩三分地的人／葛绪涛 ⋯⋯⋯⋯⋯ 172
难忘的旅程／刘继峰 ⋯⋯⋯⋯⋯⋯⋯⋯⋯⋯⋯⋯ 174
爷爷激励我做一名合格的志愿者／时李霞 ⋯⋯⋯⋯ 176
珍惜公益协会的每一分钱／唐德霞 ⋯⋯⋯⋯⋯⋯⋯ 178

第九章　编织慈善祥云

编织乡村慈善五彩祥云／刘书收　口述　卢言学　整理 ⋯ 180
用慈善行动赓续革命精神／李　迪 ⋯⋯⋯⋯⋯⋯⋯ 185
最有意义的"抖空竹"表演／李建英 ⋯⋯⋯⋯⋯⋯ 189
我是刘书记的一名老兵／王金波 ⋯⋯⋯⋯⋯⋯⋯⋯ 191
社区文明建设的受益者／史　峰 ⋯⋯⋯⋯⋯⋯⋯⋯ 193
外面的世界真美好／王洛芹 ⋯⋯⋯⋯⋯⋯⋯⋯⋯⋯ 197
为慈善事业提供法律保障／刘部队 ⋯⋯⋯⋯⋯⋯⋯ 200

第十章　成就慈善人生

蹒跚脚步丈量慈善人生／刘书收　口述　卢言学　整理 ⋯ 202
沂蒙爱心使者刘书收的心路历程／史　峰 ⋯⋯⋯⋯ 208
协会与学校共建助学平台的样本塑造／史　峰 ⋯⋯ 226

后记／王德明 ⋯⋯⋯⋯⋯⋯⋯⋯⋯⋯⋯⋯⋯⋯⋯ 231

第一章　在沭河畔长大

我是喝沭水长大的孩子

刘书收 口述　卢言学 整理

《汉书·地理志》载：术水南至下邳入泗。唐代颜师古注：术水，即沭水也。

沭水源出沂山南麓，同沂河并行南流，经沂水、莒县、莒南、临沭，入江苏境内。

沭水是鲁南苏北大地的母亲河，千百年来，用无私和博大，灌溉沂沭平原和苏北平原，养育这方百姓，孕育一方文化。

——题记

我叫刘书收。1957 年 2 月底春暖花开时，我出生在沭河岸边一个小村子——莒南县板泉镇大王刘庄。

我是喝沭水长大的孩子。小时候，我和伙伴们在沭河里洗澡摸鱼，芦花飘香时，布谷声声，野鸭成群。

记得有一年，我爹我娘带着我去三姨家。三姨是沭河西边郑旺镇新庄的。走亲戚可能是小孩子最喜欢的事情，尤其在那个困难的年代。我一蹦三跳跟着爹娘来到三姨家，首先看到的是炕头上的一幅画：一条龙盘在柱子上，龙须很长很长，龙身黑红相间，龙头上的两只眼睛闪闪发光，活灵活现！娘说：那叫龙，是天上玉皇大帝的儿子，住在东海；他主管下雨，"二月二龙抬头"，就要下雨了。我越看越喜欢，哭着闹着要，三姨只好送给了我。

回家时，又经过沭河。爹娘走路累了，就坐在沙滩上休息一会儿。我也半躺在沙滩上，再次欣赏我心爱的"龙"画。突然一阵旋风刮过，从我手中，生生把"龙"画刮走，时而贴近水面，时而卷入半空。我哭喊着拼命追赶，爹娘也起身帮忙，最终这张"龙"画越飞越远……

娘说：沭河通东海，"龙"回老家了。从此，我对沭水，除了热爱，更增加了神秘与敬畏！

当我成年后，我自己挣钱买了一辆当时非常豪华的摩托车——幸福250。我骑着摩托车，第一个去的地方，就是日照岚山。我在大海边站了好久好久：无边无垠波澜壮阔的大海里，有我的母亲河汇入的沭水。

2020年7月10日、7月16日、7月27日，我们尊老爱老公益协会，组织313名农村孤寡贫困老人，分三次去烟台威海旅游。这些一生未走出沭河岸边的老人，终于看到了远方与大海！

小时候，我家里很穷很穷。我爹是那种老实巴交的地道农民，无能无为。娘三十岁左右就得了哮喘；得了这个病，每年十月份躺下，来年三月份起，半年在炕上。我有两个姐姐和两个哥哥，姐姐出嫁早，我小小年纪便挑起家务活，13岁就在家里烙煎饼。

我们当时是属于板泉人民公社坊庄管理区大王刘庄生产大队第二生产小队。那个年代，是靠挣工分分粮食的。我从5岁开始，就每天拿着一个破瓢，在胡同口草垛边捡拾鸡粪，交到生产队，每斤鸡粪挣2分工。八九岁的时候，我就跟着大人去地里干活，在粪场捣粪，刨地瓜拔花生，到高粱地里打高粱叶子……大人一天挣10分工，我一天挣2分。好的生产队年底10分工能分到两毛钱，我们生产二队每个工日不到1毛钱，就是说一个大人每天挣不到1毛钱，我每天挣不到2分钱，我却干得很高兴。

到我十岁时，才上小学一年级，正是1966年"文化大革命"。那时我们家里非常困难，上学没有书包，从家里抱着一个小板凳，拿着一块破盆碎片；又到村里代销点，花1毛钱买来两块石头笔。在破盆碎片上学着写字、算算术，1+1=2，2+2=4……就这样开始了我的小学生活。我们的老师，是刚从人民公社调来的，名字叫赵兰江。我至今清楚地记得他的样子：一脸络腮胡须，非常严肃。

第二年上小学二年级。清明节，全校师生去渊子崖革命烈士纪念塔扫墓。我却被刷了下来，因为我没有红袖章。我们村没有地主富农，我爷爷勤劳又善良，靠省吃俭用攒了二亩土地，划成分时便成了中农。在我们村就成了成分最高的，我当然就没有资格戴红袖章。看着大人带着"红卫兵",小孩带着"红小兵",整整齐齐排着长队去祭扫烈士墓,我感觉受到了莫大委屈,心里别提多难过了,一个人躲在学校墙角,哭了整整一上午……

放学后,我们这些孩子纷纷跑出学校,各自回家挎起篮子,又跑到田间地头。主要是挖野菜和捡拾柴火。野菠菜、马齿苋、荠荠菜……把好的拣出来回家自己吃,不好的喂猪。那时不光没有吃的,家家户户烧草也没有。地边地沿、河沟渠旁、山崖头上,能长青草青菜的地方,都被拔得干干净净。记得有一年冬天,我和二哥在沭河边,看到河水里有一些芦苇,因水深没有被人割去。我们哥俩把镰刀绑在一根长长的杆子上,一根一根割下芦苇,捞到河边;第二天一大早,沭河结了冰,芦苇也结了冰,我和二哥用绳子捆上抬回家,晒干了就是最好的做饭柴火。

我十四五岁的时候,我们家真是穷得揭不开锅。大姐没有上过一天学,娘有病,家里的家务活都是大姐的,烧火做饭,推磨烙煎饼……大哥结婚时,我爹厚着脸皮到渊子崖表姐家,借了 200 元钱。结婚后,用剩下的钱买了两头小猪仔,准备拔点青草喂大了换点钱,好用来还账。没承想,那年夏天雨特别大,两个小猪都掉到粪坑里淹死了。那真是一家人的指望!全家人都哭得稀里哗啦,好几天都心疼得吃不下饭。

我的初中是在邻村大薛家西大汪崖上的。我的语文老师薛汉林,数学老师薛忠儒,地理老师薛荣,政治老师薛继连……每个老师对我都非常好。我爱说爱笑,有什么不明白的问题，随时举手问老师。同学们也都喜欢我，那些女孩子都叫我"刘大眼"。

我们家里太穷了，有点干粮要大人吃好去干活，我只能喝些薄汤剩水。我们学校西边是一片大水汪，水汪边上长着茂密的芦苇。我把要饭用的饭碗藏在芦苇荡里。中午放学，其他同学都回家去吃饭，我就到芦苇荡里拿出要饭碗，到沭河岸边的刘家岔河、王家岔河等村子里，挨家挨户上门讨饭吃。好心的爷爷奶奶、叔叔婶子，硬是从自己口里匀出来一些，让我吃饱肚子再去上学。年轻要面子的我，生怕被同学发现，只好偷偷摸摸到远离学校的村子里去。

好景不长，三四个月的光景，冬天到了。村民把那片芦苇割掉，我的要饭碗就没有藏身之处了，我便退了学。老师和同学多次到我家劝说，都被我拒绝了……

这几年，我们组织了好多关爱孩子的活动。在团县委的支持帮助下，我们与全县志愿者队伍联合，在2021年8月13日，给67个贫困孩子建设"希望小屋"，给他们送去电风扇，三伏天里，让他们享受一丝清凉；10月2日，与天津理工大学部分研究生一起，对50名贫困儿童实行一对一帮扶；2022年6月1日，我把20名留守儿童接到家中，和他们一起包饺子，共庆节日，还领他们到超市买了新书包新衣服；8月9日，我们组织30名贫困孩子，举办"百花齐放"快乐夏令营。

看到孩子们甜美幸福的笑容，我常常会想起我苦难的童年……

"空竹"抖出兄弟情

吴侠青

我是临沭县青云镇郭山村一个农民。我喜欢"抖空竹""打花棍"等民间文化活动。十多年前，我在县城人民广场"抖空竹"时，偶尔和刘书收相遇。真是缘分，我从他的举止言谈，看得出此人心地善良，办事认真，非常诚实，从此以后我们交上了朋友。

2013年9月6日，刘书收和他自家的兄弟爷们儿以家族的形式，成立了临沂最美夕阳红慈善协会。我带领我们"抖空竹"团队前去参加协会成立庆典，并现场表演节目。在这次庆典上，我们被他诚实的爱心所感动，"抖空竹"团队集体加入了慈善协会。协会开始逢年过节每年两次看望本村老党员、老干部和60岁以上的老年人，受到广大群众的认可，受到各界人士的尊重和支持；协会人员逐步增多，看望的范围也逐步扩大到看望全镇的百岁老人、老党员、老干部、敬老院、贫困残疾儿童。以后又扩展到全县百岁老人和社会困难户。2019年又看望了临沂市三区九县的百岁老人。

记得2019年12月26日，在伟大领袖毛主席诞辰126

周年纪念日，我们尊老爱老爱心公益协会志愿者，在刘书收会长的带领下，一同来到临沂临港经济开发区厉家寨毛主席纪念广场。我们给毛主席他老人家敬上茅台美酒，献上鲜花和花篮，组织志愿者舞蹈队会演节目，活动场面非常感人。同时走访了临沂临港四个乡镇的9名百岁老人。走访活动由临港区社会事业局领导带队，下午活动完成后我们在区委办公大楼集合准备回家，社会事业局的领导向区委书记赵立新汇报了走访情况，赵立新书记立即安排工作人员邀请我们上楼，到区委接待室和我们见了面。赵书记看着我们这些人年龄都这么大了还做慈善活动，很感动。赵书记问我多大年龄了，我说70多岁了，赵书记就是一惊：70多岁了还参加慈善志愿活动，真了不起！竖起大拇指给我点赞。我心里一直记着这一句话，这几年一直没忘了。赵书记把社会事业局带队的领导批评了几句话，他说这样的尊老爱老爱心活动要在临港宣传出去，让临港的志愿者队伍也跟着学习学习，要求宣传部及时地在网络上和报纸上还有电视台报道。第二天，我们就看到了临港区委的报道，题目是：临港来了慰问团。

2020年我又参加"九九重阳节走访临港经济开发区百岁老人"活动。这一天我们走访了17名百岁老人，我们先到壮岗镇看了前坡村百岁老母亲徐晋一老娘、大岭后村百岁老母亲张俊爱老娘、下峪子村百岁老母亲高述美老娘，在准备去团林镇官庄村看百岁老母亲王凤英老娘时，自己开车的刘书收会长突发低血糖，他急忙把车停在路边。刘会长的脸色变黄，额头上冒出了大汗，一时间大家都急了，刘会长小声地说:"没有事,我车上有带的糖果和点心,我吃点就行了。"
他过了二十几分钟后,大家才放下心来继续走访。同时兵分
两路:第一组去坪上镇走访坪上三村百岁老母亲刘为霞老娘、
山底村百岁老母亲厉永花老娘、上峪子村百岁老母亲孙永英
老娘、温家村百岁老母亲姜圣民老娘、西辛庄村百岁老母亲
徐恒英老娘、小坡村百岁老母亲刘甲秀老娘。第二组走访朱
芦镇河西村百岁老母亲薄仔英老娘、百岁老母亲魏如香老娘、
刘家东山百岁老母亲赵吉岭老娘、石汪村百岁老母亲宋历氏
老娘、宋家村百岁老母亲宋胡氏老娘。

在这十多年里,慈善协会在走访慰问或者是宣传活动时,
我都带着我们"抖空竹"团队的志愿者,表演独具民族特色
的抖空竹、打花棍等活动。我虽然70多岁了,但只要参加
慈善活动,我感觉又回到了青年时代。

从善如始

——说说我的三叔刘书收

薛 飞

三叔是一位干事的人。在我的记忆中他当过赤脚医生、村主任、村书记，自营过餐饮业，现经营着一座加油站……

他经受过各种世态炎凉，吃过很多苦，受过很多罪，丰富的人生阅历成为他修养善念和财富的源泉。无论世界如何对待他，他对待世界一如既往地回馈着慈与善，弘善施善几十年，是人们心目中的沂蒙爱心使者。

早些年，村里没赤脚医生的时候，大家伙一致推荐三叔参加乡里的培训，让他当赤脚医生。因为大伙明白，心眼好、持善念的刘书收是医病救人的最佳人选。

为了当好村里的赤脚医生，近乎没有什么学历的他凭着勤奋与好学，通过培训掌握了医术。他处处为人设想，时时助人解困的善良淳朴，也就在行医的过程中凝聚成了可贵的医德。

热心为百姓治病解难、同情百姓疾苦的情怀深入三叔的内心。三叔那时年轻，他的记忆力特别好，心又细，他在短时间内就能记住各种中药的名字和用途。但凡善良的人，心都细，做起事来也用心。

　　现在看病都是患者去找医生，但是三叔那时是医生找患者。记得那时三叔为每一位患者第一次看病之后，必定会天天向患者家里跑，也不管跑多少趟，治愈好病人才算完事。

　　来到冬天，因为病人多，打针轮到最后一家已经半夜，病人都睡了，三叔还要去探望一下，问问是否好了，好了他才放心安心，如果不见好赶紧再想办法……

　　三叔干赤脚医生，东家西户地跑，不休息，总是愿天下无疾，唯独忘记了自己这样忙碌会积劳成疾！一个地位在最基层的村医，心里却永远怀揣着大医精诚的原则！

　　三叔是一位善良的人。从2013年开始，他作为发起人之一，以家族慈善族风为凝聚力，自发开启尊老爱老爱心公益慈善事业，成为沂蒙大地上最早流淌起来的一股民间慈善暖流。

　　现在年近70岁的他，日夜操劳，已满头白发，但他精神抖擞，一身正气。他付出了那么多辛苦和辛酸，依然从善如初。现如今儿孙满堂，这也是上天的福报。

　　他十几年如一日做着公益慈善事业，这是常人做不到的。行善不是口头上的说教和理论，是日常生活中点点滴滴的躬行，三叔做到了，仅他走访过的群众数量和行程数字这一条，就令晚辈们无限尊崇和敬仰。

　　三叔说过，现如今党的政策好，老人们其实已经不愁吃不愁喝了，但是他们缺少的就是关心和关注，他们需要的是真情温暖，是拉拉呱叙叙家常，每逢节日去看望一下他们，叫一声老爹、老娘，满足他们的愿望，这就是尊老爱老，这就是人间的真情与善良——他的慈善行动不仅有物资的捐助，更有情感的传达，这是三叔的慈善事业接地气、得民心的重要原因。

三叔是我们晚辈的榜样。三叔的慈善之举给了我深刻的思想启示。最朴素的道德情感和人生信仰来自善良，我们所能听到的最朴实、最朴素、最至理的一句话就是"但行好事，莫问前程"。古语有"积善之家必有余庆""日有三善，三年天必降之福。三善者，视善、语善、行善"。但凡为人处世者首先培养自己最朴素的道德情感和善的感念，进而培养自己最朴素的人生信仰。

细细体会人生中的阅历，时有逢凶化吉之后，感悟是"祖宗的保佑"，其实"保佑"中蕴藏着的是祖宗先辈的"行善积德"，才有了留给后辈的"福报"，我们要珍惜。时有看到"华而不实"者确享受着"福"报，那也是祖宗先辈"行善积德"留给他的"福报"，不过他享受过了，就销过了。"善"需要一辈一辈地"行"，"福"才能一辈一辈地"享"。这是我又一次从三叔身上得到的最朴素的人生启示。

三叔和他们的爱心团队担当着美的传播、爱的传承和善的弘扬。我相信三叔和他们的团队在今后的岁月里定会聆善如始，视善如始，语善如始，行善如始。我相信莒南县尊老爱老爱心公益协会定会初心不改，从善如始。

愿三叔和天下所有向善施善者的好人：一生平安……

（薛飞，莒南八中教师，书法家。喜爱读抄古诗文和名家经典，研习书法数十年，形成了洒脱自如、刚柔相济的文人作品风格。书法题字广泛分布在文化机构、商业处所，深受欢迎。资助多位孤困儿童。）

用慈善行动为不幸的人生撑起一把伞

李恩美

2012 年，在三尺讲台度过 36 个春秋后，我退休了。和孩子们打了一辈子交道，一下子感觉心里空落落的。

2013 年，在刘书收会长的影响下，我加入了公益事业团队，这期间跟随刘会长一起去看望百岁老人、拜访新中国成立前老党员、慰问退伍老兵、救助孤困老人儿童，参加各类纪念伟人、纪念革命先烈及其他参观学习活动上百次。在加入公益事业团队之后，我深刻地认识到了公益事业的重要性。通过参与公益活动，我不仅帮助了需要帮助的人，还让自己更加深刻地认识到自己的责任和义务，并且以协会活动为机缘，遇到了生活陷入困顿的小学生徐杨，开启了十年无悔的帮扶行动……

2013 年，在一次救助孤困儿童的过程中，我见到了徐杨。这个孩子从小没有母亲，父亲又是残疾，没有劳动能力。孩子又瘦又小，怯怯地躲在角落不敢看人，可怜巴巴的，让人心生怜悯。于是我对接了这个孩子，像对自己的孩子一样关心照顾她。

由于家庭状况不幸，这个孩子心理内向严重，从不与小朋友们交往，也不敢去热闹的公共场所。于是我从打开孩子的心结着手。每到过节，我都会提前备好礼物，端午的粽子、八月十五的月饼、春节的年货都样样俱全。还及时按季节给她增添新衣。

双休日、节假日把徐杨接到我家，给她洗澡、洗衣服，变着花样改善伙食，给她讲故事，辅导作业，带她外出旅游，临沂地区的几十个景点我们基本游遍。走亲访友的时候、同事同学朋友聚会的时候，都尽量想法带着她，让她长见识、学会融入集体，享受大家庭的温暖。同时也多次带她参加刘会长组织的活动：野外郊游、庆祝六一、给烈士扫墓等。

徐杨家境贫困，家徒四壁，连一张像样的书桌都没有。在刘会长的关心关怀下，给她家重新装修，铺好地板砖，安装天花板，建立起家庭小书屋，添置了书橱、衣柜、床铺，一应新铺新盖、新衣服等各种生活用品以及学习用品应有尽有。原本破烂不堪的家庭焕然一新，小徐杨脸上的笑容也渐渐地多了起来。

我和老伴儿都是退休教师，在学习方面也尽心尽力地对她进行指导。有时候我们外出，她有不懂的问题就用手机发给我们，在千里之外我们对她进行指导答题。

几年来，我多次以家长身份参加她学校的活动。初中入校军训，我一直陪同，为她加油打气。由于天气炎热，她几乎坚持不下来。我给她送去水果、饮料，鼓励她要有吃苦的精神，讲一些革命故事、英雄人物，激励她坚持下去。

每次考试成绩单，班主任和数学老师都及时发到我的手机上，让我掌握了解她的学习状况。几年来，在我们的努力下，她的学习成绩由差转优，顺利地进入初中。

初二期间，别人风言风语地说她这样的家庭再上学也无用，不如趁早打工挣钱。她的思想有所波动，于是不再安心学习，有了辍学的念头，学习成绩直线下降。这时候，班主任老师直接向我反馈。我及时与班主任和数学老师沟通，耐心开导，通过各种方法对她进行劝导，让她安心学习。

2022年，徐杨以优异的成绩升入莒南三中。入学前，我给她做好了新被褥、新衣服，准备了生活用品、生活费用，刘会长也亲自登门鼓励庆贺，赠送礼品和现金。为了让她早日学会生活自理，我时常教她怎样整理家务、收拾家庭、讲卫生，以及小女孩儿应该注意的一切事项。我的老伴儿也手把手地教她做一些简单的饭菜，如西红柿炒鸡蛋、青椒炒土豆丝、怎么煮面条儿等等。我们经常到她家一起打扫卫生，清除院内的杂草垃圾，边干边教育孩子，给孩子树立榜样。

几年来，在刘会长的带领下，在做公益事业的同时，我也增长了多方面的社会知识，觉得思想更加充实。帮助别人，快乐自己。只要人人献出一点爱，世界将变成美好的人间。我们有决心陪徐杨进入理想的大学，用慈善行动为她撑一把前行的伞，改变她的人生……

（李恩美，退休教师，常年资助孤困儿童，积极加入慈善行动，捐款捐物，奉献爱心）

刘爷爷给了我勇敢活下去的信心

苗　苗

也许，上天让我来到这个世界上，就是要折磨我的……

我曾经读到一本关于生命和生活的书，书里有这样一段文字："大卫问主教：'我们死了，会上天堂吗？'主教相当肯定地告诉大卫：'是的，所有的人死后都会上天堂。'大卫继续问：'那谁会待在地狱呢？'主教笑了笑，告诉大卫：'我们，我们这些活着的人……'"

大卫若有所思，他似乎明白了活着就如同炼狱的事实。

我是板泉镇的一个苦命少年，当我读到上面这段对话的时候，我也像大卫那样，明白了生如炼狱。我的确经历过炼狱一般的生活。我的母亲是个智障妇女。父亲出身贫困，身有残疾，乡下人传宗接代的执念，还是让父亲倾尽所有心思要寻一个女人结婚生子。不孝有三无后为大的老思想，让他托了好多人，把智障女人从遥远的南方娶回了家……

我不怨恨父母，他们有权利结婚，有权利生下我。只是我没有权利选择自己的父母，这就是天命吧。

当我落地成为一个"人"的时候，我"非人"的痛苦命运就拉开了大幕。母亲因为生育，智障的情况更加严重，她不能带我长大，也不能教我说话，唯有的奶水在我出生一个星期后就断了。听村里的人说，我是在饥饿状态下一天天长大的，胳膊瘦得像笔杆，头发黄得像绒毛。能活下来，就是个奇迹！

我活下来的奇迹，伴随着母亲死去的悲伤。在我五岁的时候，智障的母亲又发生了精神方面的疾病。她去世的时候，我已经懂什么叫悲伤，我俯在妈妈的身体上，哭得撕心裂肺，村民们无不为我的命苦、为我的大哭而落泪。

父亲拖着他的病体，继续艰难地抚养我长大。他是我唯一的依靠，在七岁的时候我学会了向上天祈祷：老天，千万不要带走父亲，我不能离开他。

也许，我的祈祷起了作用，从上小学到上初中，父亲虽然多病，但一直与我艰难地活着。家徒四壁，缺食少衣的日子一天一天地进行着……

爱心协会的刘书收爷爷在一次走访的过程中，打听到了我家的艰难。他走进我家的大门，走到屋子里，拉着我的手说："孩子，你太苦了，爷爷来帮助你。"

刘爷爷出钱为我更换了书桌，给我买来了营养品，还跟我说了好多好多鼓励的话，并且跟父亲说：以后有什么困难，就到爱心协会找他。

鉴于生活的困难，父亲没少到镇上的爱心协会找刘爷爷。记得自从我家成了爱心协会扶助名单上的关注对象之后，刘爷爷就经常来看我，送吃的、送喝的、送穿的，让我和父亲的生活脱离了少吃缺穿的状态。冬天还有一车的煤块，温暖在冬天的屋子终于有了最动人的存在。父亲跟我说："咱是遇到好人了，孩子你一定好好学习，长大了，有出息了要报答刘爷爷。"

过年的时候，我给刘爷爷写信：

爷爷，如果没有你的照顾，我和爸爸不知如何面对每天的困苦。我没见过自己的亲爷爷，但是我感觉你给予了我所有亲爷爷的爱。

每一次，当刘爷爷拉着我的手，说："孩子，好好过，好好学习，人呀，没有过不去的坎儿，咱努力了，一切苦难都会被咱抛在身后。"

刘爷爷时时刻刻都像是一轮温暖的太阳，照在我心里，让我特别有奔头。在刘爷爷的关心和推动下，村里给我们家整修了院落。镇上、县里、市里的爱心慈善组织，也按计划地帮扶我和父亲度过一切艰难的日子。

或许大声喊出"感谢共产党，感谢刘爷爷"这样的话，在外人的眼里不太符合我这小小的年纪。但是经受过苦难的我，得到了党、国家、刘爷爷的资助，让我深刻地明白"感谢共产党，感谢刘爷爷，感谢所有帮助过我们的人"，这种情感是无比真挚的。每天睡觉前，每天早起后，感谢的话就会从心里升起来，成为我由衷地感恩的表达。

意外还是出现了，当我在刘爷爷的资助下，考上高中的第二年，父亲在一个早晨离去了。他把我留在这个世界上，继续他的困苦，还有孤独。他一定是不舍的，但是命运如此。我已经没有眼泪可以再哭出来了。我在想：妈妈，让我随你去，让我在梦里挽你的手。爸爸，让我随你去，让我在梦里抚你的脸……

正当我万念俱灰的时候，刘爷爷出现在我面前。他抓住我的手，说："孩子，想哭，你就大哭一声吧，不要憋着……"

我放声大哭，直到哭昏过去。

我再次微微睁开眼时，看到刘爷爷慈善的目光。他说："孩子，没有过不去的坎呀，有刘爷爷在，我不许你灰心，不许你丧气。我盼着你长大成人，好来报答我呀。"

刘爷爷的眼里是泪水，我的眼里涌出感激的泪水，我抽泣着回答："刘爷爷，您放心，我会活下去，再苦再难，我都会争气。我不能让所有的好心人凉了心，我不会让为我操心的刘爷爷您寒了心……"

处理好父亲的后事，我背起书包，擦干眼泪，向学校走去。是刘爷爷给了我活下去的勇气和力量。我要报答刘爷爷，无论前路如何崎岖艰难，我一定要在好人的目光里坚强地走下去。

刘爷爷，你也一定要保重，我会用战胜困难的人生力量，报答您给予我的、数不清的恩情……

值得铭记的一次旅游

葛绪慈

2020 年 7 月 10 日在疫情稍微放缓的一段时间里,莒南县尊老爱老爱心公益协会组织了第一批一百多名六十岁以上老人去烟台、威海、蓬莱的旅游,我有幸在亲戚朋友的介绍下参加了这一次旅游活动。我是河东区汤河镇大坊屋村的村民,我叫葛绪慈,70 多岁了,第一次听到说出去旅游包吃、包住、包车费、包旅游景点等等费的生意,我真的不相信。我是抱着试一试的心态去旅游的,结果在整个的旅游活动中,我深刻感受到了莒南县尊老爱老爱心公益协会的大爱之心。

从活动的开始,协会的志愿者在刘书收会长的安排下,周到细致地组织安排,把事情的过程安排得十分严谨周密。说真的,我开始对这次活动是持怀疑态度的,心想哪里会有这样的好事,在一切向钱看的社会风气大环境下,不可能会有人愿意做这种赔本的买卖,肯定是欺骗老年人的套路。既然这么大力地宣传这是对老年人的关爱,又有不少人愿意参加,再加上之前很少出门,也想出去看一看,走一走,我也就将信将疑地参加报名了,但内心始终有一种不踏实的感觉。

行程开始了，协会的志愿者跑前跑后精心组织，对行程中的一些细节都安排得面面俱到。从吃饭、住宿、游览、参观，到旅途中的一些具体小事都想到了，并指导应对措施，确实让我们放心安心。

在旅游目的地，我们吃的住的都非常好，说真的，这是我们在家里生活了几十年，从没出过门，从未享受过的生活，宾馆里有舒适的居住条件和环境，整洁的房间、洁净的被褥、高档的洗漱用品，我们在家里从来没见过，非常周到细致的服务；餐饮方面，就更是我们从未体验过的，在农村说真的是叫山珍海味，各种海货都有，在家里从来没吃到的都吃了，令我们眼花缭乱，美不胜收。在家里生活了几十年，也从未品尝过的美味，真的是让我们享受到了从未有过的待遇、如此高级别的待遇。

真的是不收钱吗？三天的旅游，真的是让我们开了眼界，享受到了高品位的生活，真正让我们感受到了生活的美好，最后第三天旅游大巴把我们一一送回家。确实没收钱，我这才感觉到这真的是人间大爱，给我们老年人圆了一个旅游梦。

莒南县尊老爱老爱心公益协会，在刘书收会长的安排下，做了一件让我们参加旅游的所有老年人都非常欣喜的大好事，让我们有了谈资，体验到了做贵宾的感觉。协会做的这件事，我们至今仍念念不忘，盼望着有下一次这样的活动。

我衷心感谢尊老爱老爱心协会为我们老年人做出的这样的善举，他们真是我们的亲人。

慈善是每个人必备的品德

刘朝杰

慈悲不是出于勉强，它不但给幸福于受施的人，也同样给幸福于施与的人。慈善是每个人必备的品德，它就在我们身边，如此简单。

我叫刘朝杰，今年 35 岁，中共党员，退役军人，家住莒南县板泉镇大王刘庄村。服役期间受到党的培养和部队的磨炼，使我养成了坚毅的品格和良好的执行力，让我确立了正确的世界观、人生观、价值观。 退伍后，非常幸运地在家族公益协会会长刘书收的指导下，我加入了"莒南县尊老爱老爱心公益协会"。从 2013 年开始参加爱心公益活动，在这里我不仅找到了最初的那份自豪感、荣誉感、责任感，也更好地体现了自身的价值感，心中的爱心萌芽也开始快速地成长，于是我更加确定了这就是自己想要奔去的那个方向。

自从我加入"莒南县尊老爱老爱心公益协会"，在刘书收会长带领下，我时刻以一名共产党员的标准严格要求自己，积极投身公益事业，不遗余力，亲力亲为，为公益事业贡献着自己的一分力量。短短十年的时间里，"莒南县尊老爱老爱心公益协会"走遍临沂各地。协会累计向社会捐赠善款135 万余元，发起走访慰问活动 283 次，行程 630000 公里，先后看望老党员、特困户、贫困学子、敬老院老人、百岁老人、抗战老兵、残疾人、重症病人、孤寡老人等 6360 余人次。其间我放下一切手头工作和生活上的事情，积极跟随协会志愿者服务队开展各项慈善公益。尤其是疫情期间，我们一直奔波在防疫的第一线，逆行而上，哪里有需要我们就往哪里去，伸出援手、捐款捐物（一元钱虽然很微不足道，但是一百人，一千人汇聚起来的一元，数目就不同凡响）。整个过程复杂且艰难，有辛酸更有不安和恐慌，但是我们毫不退缩，依然尽自己所能为身边的防疫贡献着力量。

在公益这条道路上，我一直用实际行动诠释着一名共产党员、一名退伍军人的职责使命，我也将"不忘初心、牢记使命"，继续展现新时代退役军人的风采和形象。最后我想说：和谐的社会需要更多的善心和捐助，去帮助那些贫困、残疾、孤独老人等群体的生活和学习，这样就可以让爱心不断在彼此间传递。因此，我希望有更多的爱心人士参与到公益事业中来，为我们的公益事业添砖加瓦。

第二章 在母教下成人

俺娘教我从小做个好人

刘书收 口述 卢言学 整理

《老子》曰："上善若水，水利万物而不争。"

"天下莫柔于水，而攻坚强者莫之能胜，此乃柔德也。"

"损而不竭，施不求报，善为仁也。"

"河输丽江半山秀，江逊沭河七分幽。"幽幽沭水，泽被万物而不争名利，柔刚相济而不屈不挠，施于百姓而不求回报。日月长流，亘古如斯……

——题记

俺娘的好多做法，大家都不理解。她这一辈子，洗脸只用一捧水；淘米的水用来洗菜，洗完菜再用来浇园……滔滔沭河水，那是取之不尽用之不竭的啊！可娘轻轻一句话：惜水就是惜福。

俺娘出生于1918年4月8日，离我村八里路的板泉西新庄。她的父亲是破落地主，在娘十几岁时去世了。娘一米七的高挑身材，年轻时很漂亮，很有气质，虽然没上过一天学，却温文尔雅，知书达理。我们姊妹5个，无论生活多么艰难，俺娘从来没有骂过我们，从来没有骂过任何人。她总是小声说话，和风细雨，唯恐吓着孩子，非常体贴孩子，开导孩子。一次，我把爷爷盛卖菜种子的小茶碗砸碎了，急得号啕大哭，娘拉起我的小手说："那个小破茶碗，又脏又破，本来我就想把它扔了！"

在俺娘95岁那年春节，她的孙媳妇也就是我的儿媳韩立芹，和孩子一起，专门陪老人逛"新华新"超市，给老人买点心买过年衣服。孙媳妇和重孙子陪同95岁老人逛超市，大家都投来羡慕的眼神。那年"五一"节，我们一家、二姐一家、大哥家侄子一家，十几口人，陪同俺娘到临沂动物园游玩。看着有趣的动物，一家老老少少前呼后拥，一生没有走出家门的老娘，笑得合不拢嘴。老娘欢喜，我打心里高兴。夏天到了，我们又带着孙子，陪同老娘到日照海边，看大海，品尝海鲜。我指着海的远处，趴在老娘的耳朵上说："海的那边，就是日本。""奥，就是日本鬼子啊！"老娘可能又想起，年轻时跑鬼子躲在沭河芦苇荡里的情景。俺娘是小脚，就是那种"三寸金莲"。那天，在老娘身后，沙滩上留下一串深深浅浅的脚窝……

娘有好多故事，也有好多警世名言。她三十多岁就患上了哮喘，每年十月躺下，来年三月起床，大半年在床上。

七十岁后，又多次摔倒骨折。一生含辛茹苦，却安享幸福晚年，在97岁时无疾而终。娘去世后，我给她老人做了一本相册。十年了，我每次翻看这本相册，便想起老娘的那些话："但行好事，莫问前程。""自己吃了填坑，给人家吃了留名。""老猫屋上睡，上辈留下辈。""不做亏心事，不怕鬼敲门。""千里去烧香，不如在家孝爹娘。"……

沭河岸边，像俺娘这样善良的老人很多很多。我的二大娘便是其中的一个。

我二大爷叫刘玉贵，是一名残疾军人，在著名的台儿庄大战临沂阻击战中受重伤。临沂是鲁南苏北重要的战略咽喉，那次阻击战，从1938年3月3日开始，我军上下同心，以命相抵，血战49天，保证了抗战中的重大胜利——台儿庄大捷！我二大爷在临沂城墙上惨烈厮杀时，不幸中弹，掉下城墙；城墙下，遍布又长又尖的竹签。二大爷掉到竹签上，下身血流如注……从此失去生殖功能。

二大爷和二大娘收养了4个孩子，都是穷人家没法养活送给她们的。二大爷三等伤残回家，除了享受政府的补助金，自己平时赶四集，拾集头，就是这头买了那头卖，家里的日子好了一些。我也受到了二大娘最多的恩惠。

我考上初中那年，买一套课本要3块2毛钱。我父亲咬牙卖掉家里仅存的十斤大米，卖了2块8毛钱，还缺5毛钱怎么也凑不到！到我家串门的二大娘知道这件事，二话没说，回家捧来一捧钢镚儿：1分、2分、5分……正好5毛钱。我结婚时，我二大娘给我做了一件新蓝卡裤子，在我结婚的头一天送到我家。这件蓝卡褂子，我结婚时只穿了两天，就把它整整齐齐叠放起来，直到现在，还一直珍藏在我家柜子里！

二大娘活到96岁。晚年老人有病住院，都是我跑前跑后照料，如同对待我的亲娘。25年前，二大娘病故，我组织召开了家庭会，带头捐款300元，其他本族兄弟这个10元，那个5块……为老人尽孝。

十几年来，党和政府给了我很多荣誉：

2014年"沂蒙爱心使者"；

2017年"扶残助残爱心形象大使""临沂市慈善之星"；

2019年"中国慈善企业家"；

2020年"年度慈善工作先进个人"；

2021年"最美敬老楷模""十大沂蒙孝星"；

2022年"莒南县道德楷模""临沂市最美孝老家庭"……

这一切本来不是我的初衷。十几年前，我就想着：滴水之恩，当涌泉相报；自己日子好了，就应力所能及地帮助别人。老老实实做一个好人，就很不错了。对这些荣誉，还有来自社会各界的溢美之词，我真是受之有愧。不过，对2021年授予我的"临沂好人"，我还是欣然接受的。

2021年，由临沂市委宣传部、临沂市文明办、临沂市总工会、共青团临沂市委、临沂市妇联、临沂报业集团、临沂市广播电视台举办的，全市"我推荐我评议身边好人"活动，经过层层推荐，我被推荐为"临沂好人"。"临沂好人"新闻发布会在莒南县政务大厅举行。主持人对我的颁奖词是：退休后发挥余热，全身心致力于公益事业，心系困难老人，汇聚无私大爱；他用实际行动奉献社会，传播正能量，努力让尊老爱老公益之花，开遍沂蒙大地！

道德公德美德，人间真情大爱无疆；好心爱心诚心，和谐旋律高亢激昂！随着嘹亮的合唱《好人歌》：好人是那冬天的阳光，好人是那夏天的阴凉，好人是那雨中的花伞，好人是那饿时的乳浆……我真切感受到了人间道德的力量，和社会温暖的情怀！

我的这张"临沂好人"荣誉证书，属于我娘，我的二大娘，还有沭河岸边的所有善良的人们！

还有我的爷爷。

我的爷爷叫刘继荣，1940年到1945年在村里担任村长。那时，沭河两岸是两个天下，西岸是日本鬼子据点，东岸就是抗日民主政府。爷爷掩护抗日战士，运送军粮等，白天黑夜，出生入死。一次他到相沟乡的宋家沟送完军粮，在回家的路上，天刚黑，遇上下乡扫荡的日本兵。小鬼子紧追他们不放，硬是从宋家沟一直追到沭河边。他们几个人钻到芦苇荡里，才躲过一劫；但爷爷在芦苇荡里转来转去，一夜没有转出来。

爷爷是沭河岸边有名的"大善人"。他1960年10月去世，我4岁，刚有点记忆。爷爷去世时，正值三年困难，家家户户揭不开锅。但十里八乡前来吊孝的人，络绎不绝。爷爷的长子——我的大爷为人性子特别慢，凡事不温不火，因此得了一个诨名：大慢。爷爷83岁临终前，非常平静地躺在床上，说：大慢怎么还不回来？我到时候了，急着走；大慢就是大慢，你回来我就走了。那天，大爷去赶集。等大爷回到家，爷爷瞬间咽了气。也是无疾而终。

关于爷爷"积德行善，好人好报"的故事，在沭河岸边几乎是家喻户晓，有的甚至传得神乎其神。譬如夏天，人家在河边的树上捉知了，他看知了可怜，就用树枝把知了赶跑；小孩子捉了麻雀，他会用糖块换下麻雀，然后放飞⋯⋯

传说沙窝村有一个大家族的青年结婚，媳妇是唐家武阳的。有一个狐狸精变成人形，去喝喜酒；狐狸喝多了，现了原形，合族老少去追打。狐狸跑到爷爷菜园，爷爷急忙把它藏到豆角架下。等追的人走了，狐狸流泪看了爷爷一眼，向东南方向去了⋯⋯

爷爷到坊庄南河看大戏。戏场旁边有个厕所，好多人进来进去，什么东西都没有；爷爷进去，顺手就捡拾到一串洋钱。有一次，爷爷到沭河西边的洪瑞集卖菜种子，沭河只有漫水桥。爷爷走到漫水桥中央，突然秤砣掉到水里；奇怪的是，秤砣漂到水面，却不沉底⋯⋯

爷爷的传奇故事，还有很多。

我遇到一束光

李 霞

我叫李霞，临沂市河东区汤河镇大坊屋村人。

当我跟随协会的脚步，参与协会的活动，看到被走访慰问老人脸上的微笑、眼中的泪光时；当我看到活动中人们对协会会员的欢迎与喜爱时；当我看到每次活动结束后协会会员们的幸福与满足时，我就更加深刻地相信——成为"莒南县尊老爱老爱心公益协会"中的一员，是无比正确的选择！

早在前些年，我经常在网络上看到关于协会活动的报道，知道这是一份崇高而伟大的事业。奈何对协会组织没有任何了解，想参与活动更是无从谈起。2021年秋天的一个下午，一个乡邻提到"莒南县尊老爱老爱心公益协会"会长刘书收和他的一系列事迹，我顿觉心潮澎湃，原来我一直以来想参与的慈善组织并不遥远，于是登门拜访了刘书记。经过他更加详尽的介绍，我坚定了加入协会组织的决心。

在 2022 年九九重阳节来临之际，我们举行了走访板泉镇百岁老人的活动。临沂电视台和爱心单位、爱心企业和个人，都来参加走访百岁老人活动，特别是给百岁老人做了大蛋糕，用五彩缤纷的色彩汇成老人节快乐的大蛋糕，每到一位百岁老人跟前，老母亲老父亲都喜开笑颜。在这次活动中我很受启发，更有信心成为一名合格的志愿者。自成为协会会员以来，我深感荣耀与责任并存。每一次活动后，我都仔细整理资料，把活动记录好，报道好，宣传好。我所追求的，就是刘书记所说的："聚沙成塔，累爱成善。尽自己微薄之力，点燃爱的薪火，让这个世界处处充满爱与温暖。"

路漫漫其修远兮！道阻且长，行则将至！我要发挥在文字和书法上的略有擅长，刘书记更喜欢就是希望我能尽我所长，把我们的协会宣传好，把我们的活动宣传好，让更多的人加入我们协会中来，让更多的人得到协会的爱心奉献。

未来的日子里，让爱在左，同情在右，走在生命路的两旁，随时播种，随时开花，将这一径长途点缀得香花弥漫，使穿枝拂叶的人，踏着荆棘，不觉得痛苦；有泪可落也不是悲哀。

感谢协会，感谢刘书记！你们是一束光，照亮了我，而我，也必将这光亮传递下去！

涵养家乡情怀　赓续精神血脉

刘兆鹏

"一个人做好事并不难，难的是一辈子都做好事，一辈子都为人民群众做好事，一辈子为百岁老人做好事。"这句话用在临沂市慈善总会"莒南县尊老爱老爱心公益协会"刘书收身上，正恰到好处。

刘书收会长不仅是一位远近闻名的乡村企业家，还是一位坚定的共产党员，他以一名合格的共产党员要求自己，他用实际行动生动诠释了爱心使者的真诚，这一坚持就是十年，无怨无悔，因为他拥有助老、助孤，向老党员、人民老兵致敬的忘我精神。全县近百名百岁老人的详细资料他一一记录在案，姓名、年龄、老人的生日、年轻时的光辉事迹等，一提到这，刘书收会长都会如数家珍一样娓娓道来，说到精彩处还会略发感慨，还会教育我们年轻人要饮水思源、懂得感恩，真正是老百姓心中的"老好人、老熟人、好朋友"。但是这个"老好人"在别人眼里却是名副其实的"傻瓜""另类"，在别人眼里，刘会长功成名就，儿孙绕膝，正是享受天伦之乐的最好时候，但是他却毅然走上了慈善之路，面对困难群众、孤寡老人慷慨解囊，无怨无悔。许多亲戚朋友都劝他说："别犯傻了，就凭你一个人，你辛辛苦苦赚的钱怎么能填上全县这么多贫困的人的窟窿，那还不是石沉大海，出力不讨好的事呀！"就这样，刘书收会长用十年如一日的行动成了困难群众、孤寡老人，尤其是百岁老人的依靠。而这些百岁老人也把他当成亲儿子一样。我有幸目睹和亲身经历了一次回访之旅——对十字路街道曹家黄庄村王石景老人的回访。

这是一个晴朗的初夏的清晨，杏儿黄，蝉儿鸣，路边的柳树笑盈盈。田里的庄稼苗赛着跑地往上拔节，处处生机盎然，活力四射。

我们沿着村村通马路，欣赏着路边的美景，带着十字路街道党委领导的亲切关怀和临沂市慈善总会"莒南县尊老爱老爱心公益协会"的殷殷祝福来到莒南县曹家黄庄村，看望和回访百岁老人王石景。在村领导的带领下，我们穿过几条干净的硬化水泥路，看着路两边一排排高大宽敞明亮的房屋，不禁感叹现在老百姓的日子是越来越好了！一排排高大的房屋中间，有一间民风质朴的小矮房映入我们眼帘，淳朴、简洁又不失典雅，正当我们好奇的时候，村领导说："到了，这就是王石景老人的家了。"王石景老人的儿媳热情地接待了我们，进入小院，又是另有一番风味。不大的院子里整齐地摆放着农具和一些生活用品，院子的一侧还开垦了一小块菜园，绿油油的米豆架上缀满了大大小小的果实，像喜庆的鞭炮一样，紫得发亮的茄子也熟了，压得枝头羞答答地低下了头，还有黄瓜、韭菜……不胜枚举，正所谓麻雀虽小，五脏俱全。看着院里生机勃勃的景象，可以想象在这里的主人平时一定是个勤劳的人。

步入房间，里面的物品更是令人惊讶。没有电视、冰箱、洗衣机，也看不到电脑、空调和手机。一张桌子、几把椅子、一个古朴的柜子和一张床便是屋里所有的家当了，虽然很少，但是井然有序。在这个物欲横流的时代里，不禁让人感叹这样的生活是多么的安逸，仿佛世外桃源，与世无争，悠然自得。这也许就是长寿的秘诀吧！王石景老人养育了6个子女，5个儿子和一个女儿，名副其实的模范母亲。在王石景老人淳朴家风的影响下，王老太太的儿媳之间和睦相处，互相谦让，全心全意地照顾着老人。淳朴的民风、良好的家风也让我们印象深刻。王石景老人正安详地躺在床上，见刘会长一行人来了，便坐起身，满面笑容地握着刘会长的手说："儿啊，这么热的天，你又跑来做什么，我这里不缺吃不缺穿的，你上次送的东西还没吃完，别老惦记我了。"王石景老人看看刘会长日渐增多的银发关心地说道："你自己也要照顾好自己呀！别老想着我们，有党和政府的关怀，有你这样的好人，我们现在的日子幸福多了。"据王石景老人的儿媳介绍说：王石景老人年轻的时候没机会上学，家里很贫穷，日子很苦，温饱都成问题，饱一顿饥一顿是常有的事。能吃上一顿热乎乎的饺子更是奢侈。解放战争时期，她老人家和村里的妇女们参加过支前救援，新中国成立后，日子慢慢地好了，他经常说："共产党好，社会主义好。共产党培养的像刘会长这样的好人好。"懂得感恩，常怀满足，这也许是长寿的秘诀之一吧。刘会长的无私奉献和默默帮助的百岁老人何止王石景老人一家，有家庭贫困但品学兼优的学生，有年轻时为新中国付出青春和血汗的百岁老人，有无依无靠的五保户家庭。爱放在怀里是一个世界，爱放到世界就是整个宇宙！刘会长的感人事迹得到了临沂市慈善总会、十字路街道领导和社会各界的广泛赞誉。正是这点点的爱心滋润着人们的心田，犹如一盏明灯，指引着人们的航向。

送人玫瑰，手有余香，是啊，在老人们的心中一直盛开着一朵玫瑰，它散发的芬芳沁人心脾！一个人的生命是有限的，我们无法将生命延长到理想的程度，能做的就是像刘书收会长一样提高生命历程的质量。刘书收会长用真情抒写着对党和社会的大爱，正是这点点的爱心滋润着人们的心田，犹如一盏明灯，指引着我们用爱不断前行……

（刘兆鹏，莒南县第八中学教师，省散文学会会员，公益爱心人士）

真挚的爱，让我永远感恩

徐　杨

我从记事起，就没有母亲，我的记忆里完全没有妈妈的模样。父亲是个残疾病人。后来，父亲也离我而去，我是一个无依无靠的贫困孤儿，但是一直得到李恩美奶奶的关怀照顾，是她给予我最真挚的爱，让我永远心怀感恩。感谢李奶奶陪我走过风，度过雨，让我充满阴霾的人生里，重新拥有温暖阳光的照耀……

小时候，看着别人扑进妈妈怀里撒娇，拉着爸爸妈妈的手玩耍，我只能默默地躲到一边，独自品尝生活的辛酸……

上学了，我连一张写作业的书桌也没有。二年级上学期的一天，放学后，我看见家里来了几个人，有人告诉我说是刘书收爷爷组织的爱心慈善协会的。那时，父亲正卧病在床，来的人们跟父亲说话，我躲在一边不敢发声。

这时，有一位奶奶过来拉起我的手，问我几句话，我紧张得一句也没听清楚。奶奶慈爱地笑起来，我不知道她在笑什么。

后来，我知道了她叫李恩美，是一位退休老师。此后，李奶奶经常来我家，关怀我照顾我，我充满感激地喊她李奶奶。

李奶奶给我带来书包本子、新衣服，还有生活用品，还帮助我打扫卫生，教我做人做事，还帮我复习功课，指导我的学习。

三年级，学校召开家长会，要求家长必须参加。我没有妈妈，爸爸又是重度残疾病人不能来学校。我好无奈，我怎么办呀？这时我想起了李奶奶，试探性地拨响了手机，在忐忑不安中我听到了那个熟悉又温馨的声音："喂，徐杨吗？有啥事？"

我眼眶里饱含的泪水落了下来，哽咽了，半天说不出话来。

李奶奶听见我只哭不说话，着急了，一边安慰我，一边问我出啥事了。我强忍住哭泣，向李奶奶说明情况，胆怯地问："李奶奶，您能帮我参加学生家长会吗？"

李奶奶放心地笑起来："这点小事，完全可以！"

我又一次热泪盈眶。从那以后，我小学、初中，只要是必须参加的家长会，李奶奶从不缺席。李奶奶的关心和帮助，不仅让我顺利度过了那段艰难的时光，更让我学会了如何面对人生的挑战。她的教诲和引导，让我懂得了坚持和努力，更让我懂得了感恩和珍惜。如今回想起来，李奶奶就像是一盏明灯，照亮了我前行的道路，让我在黑暗中不再迷茫。她的关爱和帮助，不仅给了我力量和勇气，更是我人生中最为珍贵的财富。

初中时候我住校，有一次周末放学回家，我发现家里变了样子：墙粉刷了，铺了地板砖，安了天花板，家里添了新衣柜、新书橱，还有一张新的书桌——是慈善协会的刘书收会长带人来帮我家装修的！刘会长给我建立了"家庭小书屋"，给我送衣物送学习用品，改变了整个贫困家庭的环境。我加入刘会长的公益组织，体验到社会及大家庭的温暖，更增加了对未来美好生活的向往。

十多年来，在李奶奶和她老伴薛爷爷和刘会长的关怀培育下，我顺利地进入初中，又考入高中。每次入校前，都是李奶奶给我备齐各种学习用品和生活用品，给我生活费用。初中和高中的军训生活，都是李奶奶陪着我忍受夏日的高温。李奶奶和薛爷爷还带我自驾游历山水，让我增长见识。

在我心目中，李奶奶是最可亲可敬的亲人，她承担起我成长成才的责任，不是亲人胜似亲人，让我在这个世界上感受了家人般的温暖和温情。

我时常暗下决心，要像李奶奶和薛爷爷，还有爱心公益协会的刘会长他们一样，读好书，办好事，做好人，献爱心。我一定要好好学习，学有所成，报效祖国。我还有一个心愿：等我拿到大学录取通知的时候，把协会的奶奶、爷爷请到我的学校，把他们这十多年来给予我的关怀与爱护分享给每一个人……

（徐杨，李恩美资助的孤儿，在李恩美及爱心公益协会的关怀帮助下，品学兼优，阳光成长）

叫一声"老妈妈"

付秀金

听到不少人都在说，当今社会世态炎凉。但我认为其实不然！世上还是好人多，人间自有真情在！

这几年在莒南县，一个协会、一个人、一句话，时时都在感动着我，激励着我。我为我们的国家，我们的社会有这样的一个协会，有这样的一个人而感到骄傲，感到自豪。

"老妈妈，俺来看望您老人家啦。"他手里提着米面等礼品，满脸都是笑容，走进全县百岁老人住的那低矮的小屋里，进门便坐在老人的床边，张口就喊"老妈妈""老人家"。他热情洋溢地跟老人打着招呼，拉着家常，嘘寒问暖；老人们问他，你是谁呀，他回答说："俺是您的儿子呀！"老人们高兴得脸上乐开了花。

这个面容憨厚的汉子，就是莒南县板泉镇的刘书收，他也是"莒南县尊老爱老爱心公益协会"的会长。

在莒南，提起刘书收，群众无不交口称赞，说他是个实实在在的大好人。

今年已是66岁的刘书收，年轻时特别能干，他杀过猪，开过饭店，当过村支书。长期生活在农村，他深知农村老人生活的不易，心地善良的他一旦发现哪家的老人生病没有钱，或生活出现困难了，都会及时出手相助。十年前，刘书收在上级领导的关心支持下，成立了"莒南县尊老爱老爱心公益协会"，从而将走访看望老人的活动拓展到了全县。

莒南县每年都有 100 多名百岁老人，这些老人遍布于全县各个乡镇各个村庄。而深入每一个百岁老人的住处并非易事，因为这里属于山区，道路崎岖不平，蜿蜒曲折，一天下来往往到不了几户人家。前几年他的腰和脚都曾做过大手术，一直没有恢复好，至今腰部还存留着一块钢板，而脚的情况更是糟糕，走起路来就会感觉疼痛难忍。每年连续十多天的走访，身体实在是吃不消，但他每次都咬牙坚持，直到走访完莒南所有的百岁老人。

十年来，刘书收和他的"尊老爱老爱心公益协会"累计行程 630000 多公里，走访老人 6000 多人次，先后向老人们捐助了价值达 135 万元的生活用品，彰显了一名共产党员无私奉献的高尚情怀。

在给予老人一些物质关怀的同时，刘书收还想方设法让老人们走出来，给老人们带来精神上的愉悦。几年来，他出钱先后组织了数百名老人到云南、威海等地旅游。2021 年秋季，他还组织开展了百名老人到临沭刘少奇纪念馆参观、到苍马山唱红歌等一系列活动，老人们无不心情激动，兴高采烈。

每年的 12 月 26 日是伟大领袖毛主席诞辰纪念日，虽然去不了湖南韶山毛主席的出生地，但是刘会长都会带领我们志愿者，到临沂临港经济开发区坪上镇厉家寨毛主席纪念广场，组织志愿者献鲜花献花篮，给伟大领袖毛主席敬美酒，组织志愿者舞蹈队员，用歌声、用英姿飒爽的舞蹈方式来纪念毛主席。为鼓励志愿者们的信心，他在纪念广场给志愿者发荣誉证书。刘会长经常说，我们这一代人生在红旗下，长在红旗下，我们的幸福生活是伟大领袖毛主席，领着那千千万万的老英雄打下来的江山，成立了新中国，我们每年都要来这里纪念毛主席，要长年不断地看望那些革命烈士后人、残疾军人和新中国成立前的老党员……

叫一声"老妈妈"。刘书收会长那一声"老妈妈"里，饱含了他对老人们深情而炽热的爱！

看望王仲友：善与孝的美好相遇

史　峰

炎炎夏日，天空湛蓝如洗，热浪袭人。路边的花草树木，在阳光的照耀下生机勃勃，摇曳多姿。树叶闪耀着翠绿色的光芒，花儿绽放着五彩斑斓的颜色，仿佛在诉说着生命的顽强与美丽。在这个炽热的季节，我们前去看望百岁老人王仲友的慈善活动即将成行……

驱车前往沃土村，车窗外青山绿水的美景如诗如画，让人陶醉。路边的田野里，金黄的麦穗在阳光下摇曳，仿佛在向我招手。远处青山叠翠，云雾缭绕，如同一幅山水画，让人心旷神怡。带着慈善发现，遇见一路的美好！沿着曲折的公路前行，此刻我感到自己融入了这个世界。

相信在这个充满爱和关爱的世界里，我们能够用自己的力量和爱心，为社会创造更多的价值，让世界变得更加美好。沃土村是一个充满生机和活力的乡村，一方水土养育了一方人，使其成了一个美丽宜居的地方。沃土田园，拥有着肥沃的土地，丰富的自然资源和适宜的气候条件，为村民提供了一个宜居宜业的生态环境。路边的田野里，金黄的麦穗在阳光下摇曳，绿油油的蔬菜和水果在肥沃的土地上茁壮成长。这些天然的资源，不仅为村民们提供了物质上的保障，也为他们的生活带来了纯朴的田园气息。

勤劳纯朴的村民用自己的双手，创造出了一片片美好的家园。他们注重生态环保，采用科学的种植技术和养殖方式，保持了土地的肥沃和生态的平衡。他们热情好客，待人真诚友善，无论是否熟悉，都能让你感受到家的温暖和关爱。在这里，人与自然、人与社会、人与人之间和谐共处，形成了一种美好的生态家园。

随着美丽乡村建设的不断推进，沃土村的面貌也在不断地焕发出新的生机和活力。政府投资兴建了现代化的基础设施和公共服务设施，改善了村民的生活条件，提高了生活质量。同时，也积极推动乡村旅游的发展，将乡村风貌和民俗文化与旅游资源相结合，为游客提供了一种别样的旅游体验。沃土村已经成了一个吸引游客的热门景点，也为当地村民带来了更多的机会和收益。

一方水土养育一方人，沃土村这片美好的土地，孕育了一代代勤劳纯朴、热爱生活的村民，也孕育了这片生机勃勃、美丽宜居的生态环境。让我们一起为这些勤劳纯朴的人们点赞，为这片美丽的乡村喝彩！沃土村妇联主任童贤功和支部委员刘志礼热情地迎接我们。他们关注弱势群体，为贫困家庭提供帮助和支持。在沃土村，村干部成为推动村里发展和社会进步的重要力量，他们以务实的态度、敏锐的洞察力和坚定的信念，为村民们提供优质的服务和保障。他们与村民们同呼吸、共命运，一起为沃土村的繁荣和发展而努力奋斗的姿态，这是我们这次慈善之旅遇见的又一次美好。

走进百岁老人王仲友家的屋内，家里陈设简朴而温馨，家具摆放井然有序，充满了生活的气息。我们向老人表达了敬意和问候。老人精神矍铄，思路清晰，言谈举止间透露着亲和力。老人回忆起他过去的苦难。他曾经经历过战争、灾难和贫困，但他始终保持着乐观、坚韧和善良的品质。老人表达了对党和国家、社会和慈善机构的感激之情。他说：我这一生经历过很多苦难，但是社会和慈善机构给予我的帮助和支持，让我能够渡过难关。我非常感激他们的善举，也会永远铭记在心。遇到这样一位善良乐观的老人，我们特别感动，我们一定会继续传递这份感恩的情怀，让爱的力量不断增大。

王仲连老人是沃土村一位德高望重的长者，养女于二十年前去世，他的女婿是村里出了名的孝子，接替妻子照顾岳父任劳任怨。二十年来，王仲连老人的女婿一直默默地照顾着老人的起居，成了村里孝道的典范。每天早晨，王仲连老人的女婿都会为他准备好早餐，然后帮老人穿好衣服，为他洗脸刷牙。早餐后，他会扶着老人到外面散步，呼吸新鲜空气。老人因为年迈，行动不太方便，但他的女婿总是耐心地陪伴着他，照顾他的一切。给老人擦身、换衣服，夏天，给他扇扇子，让他感到清凉舒适。冬天，为老人烧火取暖，给他穿上厚厚的棉衣，让他感到温暖如春。无论是晴天还是雨天，他的女婿都会为了老人的生活而奔波忙碌。

王仲连老人的女婿不仅对老人关心备至，还教育子女要孝顺父母。他常常告诉子女："孝道是中华民族的传统美德，我们要好好地照顾老人，让他们晚年过得幸福。"在他的教育下，子女们都非常孝顺，也把他的美好品德传承了下去。在沃土村，王仲连老人和他的女婿成了村民心中的楷模。他们的故事在村里传颂着，孝道的种子在每个人心中生根发芽。这也让更多的人明白了孝道的重要性，让我们珍惜亲情，传承中华民族的传统美德！

　　老有所依确实是一种美好和幸福的事情。当我们年老时，能够有亲朋好友、社区、组织或者机构来关心和照顾我们，让我们在生活上有所依靠，这是一种巨大的幸福，可以让老年人更加感受到生命的意义和价值。期望我们每个人都能够关注和照顾身边的老年人，让他们在晚年感受到更多的关爱和温暖，共同创造一个更加美好的社会。

　　家有一老，如有一宝。我们的慈善行旅与王仲友老人女婿的孝道相遇，这是我们此行所遇到的最震撼身心的经历。王仲连老人的女婿秉持孝道，赡养老人的事迹，让他成为社会认可的一位好人，也成就了王仲友老人晚年的幸福。愿好人好报，愿一切安好……

（史峰，莒南县第八中学教师）

动人的场景让人心暖

刘书生

我叫刘书生，1954年7月出生，莒南县板泉镇大王刘庄村人。

作为20世纪50年代出生的人，可以说我们都见证和经历了新中国成立以后最艰难困苦的年代。在那个缺吃少穿的时代，我们都生活在吃了上顿没下顿的困苦的边缘，那时候，能吃上一顿饭就是幸福生活的体现。时至今日，和同龄人聊天时，每当回忆起过去都叹息不已，同时也珍惜现在幸福生活来之不易。

我在"莒南尊老爱老爱心公益协会"发起成立时，就积极参与。因为从小受的苦太多，可以说是穷怕了，所以从小我就很努力！我清楚要想改变命运，只有多学文化，所以在那个艰难岁月里，我努力地读完了小学、初中、高中，并有幸成了一名小学教员。通过多读书，我懂得了很多道理，明白了想做好事先做好人的重要性，这可以说为我以后的为人处世打下了良好的基础。同时我们家族有着优良的尊老和孝敬老人的家风，所以当家族以我们为首的几个长辈兄弟倡导成立这么一个尊老爱老组织的时候，我就毫不犹豫地参加了。

另外，加入协会还有一个原因，就是 20 世纪 80 年代改革开放后，由于党的政策好，我从事的经商活动生意较好，积累了一定财富，但是我经常发现生活中乃至社会上还有一些人，尤其是老人仍然生活在贫穷的边缘，我的心里就不是滋味，因为我有过困难生活的体会，所以也想为这些老人做点事情，这也是我加入协会的初衷。

这十年来，我积极参与协会的活动，不仅在人、财、物上大力付出，同时也经常自费开车走访困难老人、老党员、老战士等，哪怕生意再忙，但能参加的活动一定参加。慰问走访中，我看到与很多老人分别后，他们有的挂着拐杖，有的躬着腰扶着板凳，走出大门，目送我们很远很远，这一幕幕动人的场景让人心暖，也鼓舞着我们不断地把好事做下去。

说实话，我也年近 70 岁了，虽然脚有伤残，行动不太方便，但一想到困难老人和为祖国奉献过的老党员、老战士需要帮助，就又有了干劲和动力。现在我们的协会越来越受到社会和政府的肯定和称赞，我会一如既往地做好这项社会公益活动，为社会的良好风尚奉献一分力量！

第三章　做普通沭河人

我们是普通的沭河人家

刘书收　口述　　卢言学　整理

《周易·家人》曰："家人，利女贞。"

《象》曰："家人，女正位乎内，男正位乎外，男女正，天地之大义也。家人有严君焉，父母之谓也。父父，子子，兄兄，弟弟，夫夫，妇妇，而家道正；正家而天下定矣。"

《象》曰："风自火出，家人。君子以言有物而行有恒。"

自古修身齐家治国平天下。风助火势，火助风威；人心内定，严正守恒。先治家而后治天下；家道正，天下安乐。

——题记

老百姓有句话：不是一家人不进一家门。

说实在的，十几年来，我在乡村慈善的路上，坚定豪迈，无怨无悔，这要得力于全家的支持。我很感激我们这一家子。

我要感谢我的老伴葛绪凤。她也是我们尊老爱老公益协会的一名老志愿者。

百年修得同船渡，千年修得共枕眠。一切冥冥之中都是缘分。那时我因为家里特别穷，说不着媳妇。你想，哪个姑娘愿意嫁给一个穷光蛋？

可偏偏就有这么一个傻姑娘。一天，我们本村哥哥家办喜事，让我去帮厨。嫂子娘家是临沂河东区汤河的。那天，她娘家来了四五个姑娘。我只顾干活，不敢多看姑娘们一眼。没过几天，嫂子找到我家做媒，说：娘家一个姑娘看上我了，说我人勤快，一手好活！天底下哪有这样的好事？打着灯笼也难找。我娘整天喜得合不拢嘴。这个姑娘，就是我的老伴葛绪凤。

朝夕相伴快 50 年了，我们苦过累过，穷过也富裕过，风中雨中，她总是体贴入微，相濡以沫。

从我干村委主任、党支部书记，到我退休后做慈善，这么多年来，我们家是出了名的"公共食堂"。这不，昨天晚上我们 12 个人，为即将到来的"99 公益募捐"开会。老伴一个人在厨房，又做了一桌饭菜。9 点多了，我们谈笑风生，酒足饭饱；老伴残汤剩水填饱肚子，又收拾到 10 点多。人家都说：我老伴就是一头"牛"，低头拉犁一辈子！

2022 年"六一"，25 名孤困儿童和部分志愿者，共计40 多人，齐聚我家包饺子，给孩子们过节日。我们先到超市，给孩子们买衣服，每人一身，从头到脚；又给他们买上新书包。回到家时，老伴已经剁好了水饺馅儿。老伴也快 70 岁了，一整天忙里忙外；但看到孩子们吃得尽兴，玩得开心，老伴情不自禁露出幸福的笑容。毕竟年龄不饶人，加上她常年身体不好，夜里躺在床上，浑身酸痛，经常一夜难眠。

老伴作为一名志愿者，最支持我的工作。她娘家兄妹 8 人，每次捐款等公益活动，她都是先动员娘家人积极参与。闺女和儿媳积极参与公益慈善活动，也是老伴率先动员的。她经常对孩子们说："你爸好面子，他的事我们不能拖后腿。"

因为老伴义无反顾地嫁给当时穷得叮当响的穷小子，那时我暗下决心：发奋挣钱，发家致富，让她从此过上好日子。若干年后，等我们生活富裕了，并且有能力从事慈善事业，我想，这与我当年发家致富的那个庄严承诺是分不开的。

我发家致富的第一次机遇，是在 20 世纪 80 年代初期。1980 年全国实行责任田大包干；我们村 1982 年才解散生产队，分田到户。这个时候我还在干赤脚医生。板泉食品站的站长因为孩子有病，经常到大队卫生室看病拿药，一来二去我们熟悉了。当时板泉人民公社 80 多个大队，只有板泉食品站杀猪，我通过站长申请成立了食品代销点。天不亮我就起来杀猪卖肉，算下来，从最初的每个月挣 50 元钱，到后期的每月 200 元；连干 5 年，我在岚兖公路边上建房，有了自己的专门经营场所。生产队解散时，有一辆红头拖拉机处理，我又买下这辆拖拉机。刚好铁道兵在我们县修铁路，我便让大哥开拖拉机为他们运送石料。到 1988 年，我买了一辆大幸福 250 摩托车。这在当时，好比现在的一辆豪华轿车。

我村在岚兖公路两侧，公路从我们村庄通过；靠近跨越沭河的岚兖公路大桥，是重要的交通要道。1989年，我率先在路边开起了一家饭店。饭店从最初的路北几间小房子，发展到路南数十个房间；并带动全村十几户从事饭店经营。一时，商贾往来，经贸繁荣，成为全县最早的经济开发区的雏形。这算是我的第二次发家致富机遇。

1995年，正值岚兖公路拓宽。我瞅准时机，在公路边上兴建加油站。经过多方准备，"五一"期间，我用5天时间，便在公路边一处深5米的低洼处，填满黄沙，建起一片平整的场地。说起来，这里还有一个笑话：短短5天，路边原先的低洼地一片平整，这老刘是怎么干的？有人开始怀疑，正值岚兖公路拓宽，是不是偷了公家的。县里也成立联合工作组进驻。查来查去，最后的结论是：老刘的黄沙，全部买于沭河对岸的洪瑞。这个加油站，是我的第三次发家致富机遇，至今已经28年。

是党的改革开放政策，给了我一次又一次的创业机遇。我是幸运儿，从不名一文的穷小子，到发家致富的典型。我自己富起来了，日子好了，我当然要报答党恩，回馈乡里。

我要感谢我的儿子儿媳妇。

儿子刘景凯，1979年出生。高中毕业即参军入伍，在部队5年，并光荣入党。退伍后，先在县法院做书记员两年，后考入建设局执法大队，现在国土资源规划局工作。

儿子在我们2013年成立"最美夕阳红慈善协会"时，即捐款3万元，成为协会的发起人之一。他十几年如一日，兢兢业业工作之余，全身心投入慈善公益。他发挥专业特长，制定规范协会章程；融入新理念，设计制作协会叫作LOGO的徽标。看我们的徽标，五彩斑斓：红色代表着热情和力量，这表明公益协会对公益事业的热情和决心；橙色代表着温暖和希望，表达了协会对社会的关爱和帮助；黄色象征着光明和活力，代表着协会带给人们的希望和鼓励；绿色是自然与生命的象征，暗示着协会关注环境保护和可持续发展……颜色的自然过渡，象征着我们的慈善行动，将穿越多彩的世界，永无止境！

我的儿媳妇韩立芹，就是那个推着俺娘逛超市的孝顺媳妇，在县城投资集团工作。年轻人朋友多，微信朋友圈也活跃，我们的每次活动，当我把活动链接发给他，他除了自己带头，不多久，那些年轻的朋友也都纷纷参加进来。

我要感谢我的女儿和女婿。

女儿刘景云，山东省司法学校毕业后，即到临沂沂河新区工作；现在在芝麻墩街道长安路社区党总支工作。

女儿把"积德行善，尊老爱老"的传统，应用到具体工作中，锅碗瓢盆接地气，点点滴滴真担当。她自己创造了"五为"工作法：为老、为小、为困、为公益、为特殊服务，形成了"居民有所得，自己有所为"的社区工作文化。

我要感谢孙子刘家维、外孙女董奕辰等我的第三代孩子们。

2015年春节，还在上小学三年级年仅10岁的孙子刘家维，捐出1500元压岁钱给慈善公益协会，从此开启了自己的爱心公益之旅。孙子现在莒南一中读高中，任班里的团支部书记。这个阳光男孩对同学们说："从最初看到陌生老人嫌弃，到现在主动看望帮助老人，这也是青春洗礼；让老人温暖时，也锻炼了自己，更能体会'帮助别人，快乐自己'的真谛。"

2020 年暑假，年仅 8 岁的外孙女董奕辰，沿街送盒饭，把那些浸满汗水的零钱，捐给公益箱。虽然酷暑烈日，挡不住头戴小黄帽、迈着稚嫩却坚定步伐的"小公益"。当地的新闻媒体，在第一时间报道了这个事情，图文并茂，引起很好的社会反响……

2021 年，我被评为临沂市"十大沂蒙孝星"；2022 年，我们家被评为"临沂市最美孝老爱亲家庭"。我倍感荣幸的同时，真的感谢全家人的默默支持与付出。

每个家庭都有各自的不同。书香门第，商业世家，官宦之家……

我们是普通的沭河人家。我们全家都力求多做好事，多做善事，说得文雅一些，这是我家的文化传承，是我们的家风。

携手同行公益路

刘景凯

"老吾老以及人之老，幼吾幼以及人之幼"，在做慈善公益这条路上，我一直都在努力着。从最初的担心，到积极地参与，到为慈善事业的发展出谋划策，尽心尽力。

尊老爱老爱心公益协会成立之初，确定符合条件的组织者、参与者。因为这是一条同行的路，只讲付出，不求回报。人员确定后，开始设计协会 Logo，表达我们协会中心思想，体现我们协会初心和目的。这方面在规划局工作的我占有优势，找到从事规划设计的同事共同研究，终于设计出了符合我们意愿的方案——

这个图标结合了多种颜色和文字信息，表达了一种关于爱、关怀和力量的深刻情感。图标中的每一种颜色都有其象征意义：

红色代表着热情和力量，这表明公益协会对公益事业的热情和坚定的决心。橙色代表着温暖和希望，这表达了协会对社会的关爱和帮助，以及带给人们的希望和鼓励。黄色象征着光明和活力，代表着协会致力于为社区带来光明和活力，以及鼓励人们积极生活。绿色是自然与生命的象征，暗示着协会关注环境保护和可持续发展，以及重视生态平衡。颜色的自然过渡，象征着我们的慈善行动将穿越多彩的世界，永无止境。

其次，图标中的文字信息进一步传达了协会的宗旨和理念："爱与关怀"，表达了协会对社会的情感关注、支持和鼓励，强调了协会以爱心关怀为核心价值观。这个图标不仅是一个视觉标识，更代表了公益协会的精神传承。它象征着协会热情、活力、光明和希望，以及对人们的爱与关怀。鼓励我们勇敢前行，用爱的力量拥抱世界，托举民生，致力于让生命更加美好！

在我们的协会成立之初，我们面临了各种各样的挑战。其中，协会的章程就像是一座高山，我们需要攀登它，才能看到更美的风景。

协会的章程是我们在组织成立时的指导手册。我们参考其他协会组织的章程，从中找出他们的共性和特性，从而更好地理解我们协会的特点和定位。同时，我们还积极向民政和组织部门的领导寻求帮助，他们的经验和建议对于我们制定章程来说是极其宝贵的。

在参考其他协会组织的过程中，我们逐渐明确了我们协会的目标、价值观和运行方式。我们开始构建我们的章程草案，然后多次进行修改。我们一次次地探讨、辩论，为了更完善的章程草案而努力。每一次的修改，每一次的探讨，都是对我们协会的一次洗礼，让我们更加明确我们的方向和目标。

经过了多次的修改和探讨，我们最终确定了协会的章程。我们提交上级部门进行审核。在等待审核结果期间，我们内心充满了紧张和期待。那是对我们工作的检验，也是我们协会迈出的重要一步。

最终，协会章程得到了上级部门的认可和支持。这是对协会工作的肯定，也是对协会的鼓励。章程是我们协会的重要组成部分，它的通过标志着我们协会的正式成立。协会的章程虽然只是一个文本，但它代表了承诺和责任。协会将遵循这个章程，为慈善事业做出更大的贡献。所有协会人员将继续努力，不断改进和创新，以实现我们的目标，实现我们的价值观。

回顾这段历程，我感到无比的骄傲和满足。面对困难，寻找解决方案，最终实现了目标。这个过程让我更加深刻地理解了合作、团结和努力的重要性。协会是一个团队，大家一起工作，一起成长，一起面对挑战，一起创造美好的未来。展望未来，我们充满信心。期待着未来协会的发展壮大，期待协会能够实现更多的慈善目标，为民生福祉做出更多的贡献。

我深知未来的路还很长，但是志愿者们有着坚定的信念和决心，大家将以协会的章程为准则，以协会的价值观为导向，不断前行，不断创新。携手前行，共同为美好的慈善事业而努力！

爱心公益协会成立之初的组织活动，首先从村里六七十岁的老人开始，购置大批的米、面、油等物品，逐渐发送到全镇各村的老人那里，后期发展为全县百岁老人送温暖，也为我们全县的抗战老兵、老党员送去祝福和快乐。每次活动的参与都是对我内心的一次净化，每次活动的参与也让我的精神得到升华。有时候有些老人缺少的不是那点物资，而是社会对他的关注、关心和关爱。

2013 年至今，这 10 年一路走来，利用节假日参加每次活动，都是尽自己绵薄之力做点什么，中间所经历的风雨、坎坷让我变得更加坚强，更有力量。一点微薄的捐款、每次活动的共同参与，相比我在活动中得到的提升又算得了什么。

爱出者爱返，福往者福来。公益是一种信念，它承载着前行的动力；公益是一片沃土，它孕育着温暖的力量；公益是一条丝带，它系着人们大爱之心；公益是一条通行的路，付出了爱心也将收获心灵的充实和满足。

来吧，携手同行，共创美好！

（刘景凯，刘书收之子，莒南县自然资源和规划局职工，热心公益慈善事业）

我是慈善队伍里的一滴水

刘家维

　　我叫刘家维，今年 17 岁，是莒南一中的学生，跟随莒南县尊老爱老爱心公益协会参与爱心公益之旅已经 8 年了。老师和同学不知从哪儿得知我参加慈善活动的事，老称我为"年龄不大的老慈善志愿者"。

　　老师和同学们想了解我的慈善行动细节，有一次让我列一列自己参与慈善募捐的账单。开始我拒绝了，我说：参加慈善募捐不图显摆，不用列账单的。

　　可是老师开导我说："这不是显摆，而是倡导更多人参加慈善行动的示范。把自己的善行隐藏起来，固然没有问题。但是把慈善举动展示出来，却是对爱的弘扬与仁的引领呀。你说是不是？"

　　我一想，老师的话是很有道理，慈善行动不能是一个人的独军行旅，我是一滴慈善的水，如果倡议有更多的人加入慈善行动，就可以汇聚无数滴慈善的水滴，汇聚成爱的暖流。于是，我就把自己的募捐写了下来：

从 2015 年春节捐出了 1500 元的压岁钱开始，2016 年捐出了 3000 元、2017 年捐出了 3000 元……

从那以后，我都会将自己的压岁钱整理好，捐到尊老爱老公益协会，第一次捐款时我 10 岁，那时候我是莒南第四小学三年级的学生。

周围同学好奇地问："是什么原因让你积极参加慈善活动的？"

这时候，我总是很骄傲地向他们讲起我的"慈善爷爷"的事情。事实上是爷爷的慈善行动，带动了我的慈善加入。我爷爷叫刘书收，他是"莒南县尊老爱老爱心公益协会"的会长，爷爷特别有爱心。

从我小的时候，爷爷就经常教育我要做一个对社会有用的人。爷爷是这样教育的，也是亲自这样示范给我看的。冬天很冷，他带着志愿者去看望老人送温暖，把手都冻伤了。不久前他自己"二阳患病"，还没好利索，又踏上看望老人的慈善之行，回到家里累得腿抽筋。下雨天淋得一身湿，感冒了挂个吊瓶，明天继续……

有时候，看到爷爷这么不辞劳苦，不管不顾地去做慈善，我心疼得直掉眼泪。爷爷反倒开导我："不要哭，慈善会给咱力量。爷爷走的慈善路，你是得接班的。"

我答应爷爷，会接他的慈善班，像他那样用自己的行动温暖这个世界。跟着爷爷做慈善，我是从最初的不理解到现在喜欢上了这个活动，就是敬重爷爷的原因，就是爷爷言传身教的原因！从最初动员我捐出压岁钱到现在主动捐出，爷爷的大公无私感化了我，改变了我，让我真切体会到了帮助别人快乐自己的真谛。

我从最初随着一起参加活动看到那些陌生老人嫌弃到现在只要有假日时间主动参与看望老人、主动打扫卫生，这就是我的成长，按照爷爷的话说是：自家孙子成长了，善良的孩子一定是栋梁。

正是因为参加这些活动，让老人得到温暖的同时也锻炼了我自己，也让我找到自己的价值。从小学三年级开始，初中三年毕业顺利考上莒南一中，无不是每次活动让我内心变得强大得来的。

现在的我在班中担任团支部书记，除了日常的学习、锻炼之外，积极帮助老师做一些班级活动，主动关心照顾班级里的同学。学校里组织运动会，我也借用走读生的优势为班级准备必需物品，担任班里的板报编辑、制作，是班里的"阳光男孩"。我想，自己拥有这样的心境和形象，完全受益于参与爱心公益的活动，慈善提升了我，丰富了我。现在，高中学习时间非常紧张，我还会利用周末或者节假日积极地参加看望、走访老人的活动，也会引领带动身边的同学、朋友一起参与到尊老爱老的公益活动中来。

我是慈善队伍里的一滴水。在爷爷的带动下，我感受到慈善是一种情怀，是一种责任，是人性最美好的展示。一滴水只有汇入大海才不会干涸，青春正年少的我，也要成为慈善的积极实践者。让爱心之源泉汇入爱的海洋，奉献自己的慈善力量，让人间幸福之花处处开遍。

（刘家维，刘书收之孙，莒南一中学生）

良好家风育公益新人

——记刘书收的女儿刘景云

史 峰

"对我们社区居民有什么好处?""做好事啊,算我一个。""我能行。"这是临沂沂河新区芝麻墩街道长安路社区党总支刘景云书记经常随口而出的话。刘景云是刘书收的女儿,刘书收积德行善、尊老爱老的良好家风,已经浸润到她的骨髓、传承到她的家庭、工作、生活之中。先从一个小故事说起:

2021 年 5 月 21 日,一个平常的风和日丽的初夏日。芝麻墩街道长安路社区某小区内,十几个步伐坚定的人正在往小区 6 号楼走着。对于社区物业公司张士钱来说,这条路再熟悉不过了,他和他的员工,每天都会走不止一趟。"不能就这么让她离开了吧。"张总对随行的人说道。今天,这一行十几个人,有一半是第一次来。他们是来给病困的小王送来生活的信心和希望的。两天后的 5 月 23 日,周末的社区显得格外和谐。为病困居民小王举办的爱心邻里捐活动现场感天动地、让人落泪:所有捐助者全部拒绝留下姓名!第一个捐款的慈善邻居放下 500 元转身默默离开了;一个网名爱心小天使的小邻居说："她想吃什么？我回家给做。""她能吃炒鸡吗？我现在就给送去医院。"社区党支部的同志和物业公司张总被爱心居民的大义善举感动得几度落泪——生于 1988 年原籍枣庄市嫁到临沂的小王，原本是大学本科高才生，做会计，婚后育有一女。生活幸福美满。然而时间拨回到 2018 年，不幸降临，小王罹患胸隔膜肿瘤和糖尿病。虽然有各种社会保险，但是禁不住病魔的血盆大口，很快小王的家庭就因病致困。2018 年国庆节期间，"水滴筹"上好心人捐助的 3 万余元善款也是杯水车薪。自此，小王的生活陷入无限的黑暗与深渊，生命之路濒临终点。

小王是幸运的，她住在丈夫婚前在芝麻墩某小区置办的一处房产内，社区物业公司得知她的情况后，不但坚持定期走访照顾看望，免除她的物业和水电费，还多方感召爱心人士捐助，无限次地帮助她。

今天来到的这些人，是物业公司张总的事迹被社区党总支刘景云书记知晓，刘书记又请芝麻墩街道民政办协调到爱心企业出资捐助，同时请街道驻社区法律工作者亲自到场了解情况给予帮助。自此，虽然小王的户籍、社会保险均不在本地，但上述工作人员仍表示，会尽最大努力，穷尽一切办法，帮助这个不幸的家庭。爱心企业的救命款、这十几个人在小王家对小王及其母亲的鼓励和安慰，让小王又重新见到了阳光，重拾生存的信心。6 月 11 日，在刘景云书记的多方感召下，爱心蔬菜商低价提供的蔬菜，在社区义卖中筹得善款 4650 元，在社区监督委员会的见证下，善款全部转到小王手中。小王也过上了属于她自己的幸福生活，直至2021年8月底她有尊严地安心离开这个世界。

一个人的力量是有限的，众人拾柴火焰高！刘景云深知这个道理，从小在家受到积德行善良好家风的熏陶，被她带到生活工作的点点滴滴中。她不仅自己践行一切为了居民的大爱之举，还影响和带动身边更多的人和社区工作人员，整合发动更多的社会公益爱心资源，共同参与，共建共享美好和谐社区。

"社区"是党和国家联系基层民众的桥梁！热心参与社区治理的组织和党员个人，在工作中既有责任感，又有荣誉感。社区治理"三益工作法"是刘景云自创和紧紧抓住的主线。"各公益组织"首先在社区党总支的总领下成立和开展工作，避免各自为政分散了力量。更避免因没有在党建引领下在意识形态领域出现安全问题。刘景云倡导了"社区社会组织孵化中心"，旨在利用上面千条线下面一根针的焦点位置，和基层居民主心骨贴心人的身份，联系上下左右各种公益爱心资源，成立或者帮助爱心人士成立特色各异的志愿爱心组织，为社区所用，为民众服务。使长安路社区居民拥有"获得感、幸福感、安全感"的同时，拥有强烈的社区归属感！她带领两委以居民的合理需求为目标开展工作，以"为老、为小、为困、为公益、为特殊需要"五为"工作为抓手，特别是为老、为小、为困服务的工作中，先后举办活动300余场次，服务居民7000余人次。工作中形成了"居民有所得、我们有所为"的社区工作文化。

刘景云觉得，社区每天忙的都是千家万户、千头万绪的大事。居民生活的安全、整洁、方便和舒心，是作为自己的责任，必须坚定信念，扎根社区，锤炼本领，才能担得住这份责任。例如，新冠疫情期间每3天一次早上5点多的全员核酸检测，社区干部如果不到场，平时工作怎么会有说服力呢。以人民为中心不能停留在口号，是要在老百姓锅碗瓢盆里、点点滴滴里的真用心、真感情，是得有底气、接地气、真担当、真本领。让群众感觉到党就在身边，切实改变部分群众过上幸福生活"感谢神感谢主"不感谢党的尴尬局面。在她的带动影响下，丈夫董士章也积极参与到所居住小区的各种公益活动中，并已经递交了入党申请书，决心像自己的岳父和妻子一样做一个有大爱有担当的公益人。

刘景云说，爸爸积德行善、尊老爱老的一生追求，成就了我们家良好的家风，它已经浸润到我的生命之中。我不仅要自己传承实践好，还要影响带动我的家人、我的同事和身边的所有爱心公益者，共同献出无私的爱，让人民群众感觉到党就在身边，是我们的使命责任！我是党员我骄傲，为人民服务永远在路上……

用良好家风呵护博爱新苗

——记刘书收的外孙女董奕辰

史 峰

今年 11 岁的董奕辰阳光活泼，水汪汪的大眼睛里总有令人感受到很温馨的美好。在路上遇到她，问她的梦想是什么？这个正在读小学的女童，脱口而出两个梦想……

第一个梦想是：上初中的时候，要到外国语学校就读。

第二个梦想是：长大后可以像妈妈一样，为更多的人服务，让身边更多的人因为自己的努力而提升生活的幸福指数。

你看看，这个小女孩不简单。第一个梦想是"学业有成"的梦，说明这孩子学习有担当，很主动，有目标，有动能！一个学童有这样的求学梦想，不用大人怎么管，保证是能够自觉学习的好学生。好好学习，天天向上是自然而然的事情，这得让家长省多大的心啊！

第二个梦想则是关于"为人处世"的规划，很明显董奕辰的处世原则和行动都受到了家庭教育的影响，好父母造就一个好家庭，父母是孩子成长的第一任老师，父母行得正、走得直，奉献爱心的行动凝聚起代代相传的优良家风，当然会让小奕辰拥有了"做好事，做好人，奉献爱"的慈善心。

这样的孩子长大成人，无论是走遍天涯海角，都会令父母放心，都会是父母的骄傲！

与董奕辰小朋友的这次简单的问答，说明她的爸爸妈妈是新时代睿智的父母，用自己的奉献爱的慈善行动，为孩子示范了最优的成长姿态，给了她最科学的爱护和教育。而父母奉献爱的精神基因，则来源于董奕辰小朋友的外公刘书收。刘书收是尊老爱老爱心公益协会的会长，富有公德心，积德行善、尊老爱老的良好家风远近闻名，老一辈传下来的扶危助困的美德，已经成为浸润董奕辰幼小心灵成长的精神土壤，从家风优良的家庭里走出来，孩子就是奉献爱心的传承者！

2022年重阳节，是董奕辰跟随妈妈第几次来幸福院照顾老年人，她自己也不记得了，反正每次只要不耽误上学，妈妈单位有什么公益活动，她都要第一个报名参加。"参加这样的事，回家我会很快乐，很高兴。"董奕辰稚嫩的话语可爱又让人感动，这么小的孩子，有这么大的爱心，是不是特别让人奇怪，但是作为刘书收会长的外孙女，这又不是什么奇怪的事，而是美德传承的自然和天然！

时间回到2020年的暑假，年仅8岁的董奕辰背着书包，抱着盒饭一家一家门店地进去售卖。那天，天可是很热的，一般人受不了的。可是奕辰却迈着坚定的步伐，售卖盒饭，不为别的，就是要用自己卖出去的钱，为敬老院的老爷爷、老奶奶买礼物……

有人问奕辰的妈妈："让孩子顶着太阳做慈善，不心疼吗？"

奕辰妈妈回答:"心疼,十分心疼。但是孩子的爱心无价,我会带着心疼与欣慰的纠结,陪她一路前行,呵护这棵博爱新苗……"

奕辰妈妈的眼里泛着泪花,她不止于心疼女儿不畏酷暑做慈善的行动,此时此刻她还心疼自己的老父亲刘书收会长,因为在同样的酷暑里,老父亲同样不辞辛苦地行走在慈善的道路上,已经坚持了十多个春秋……

家里的这一老一小两个坚定的慈善行动者,也是奕辰妈妈成为坚定慈善志愿者的精神支撑和行动导航,一家人的奉献,无私无畏走过十多年,他们就是平凡家庭里的平凡英雄!这一家的慈善事迹感动着莒南,感动了沂蒙大地……

2021年暑假,极有爱心的董奕辰小朋友,参加了红领巾志愿服务队,和服务队的孩子们一起来到天使特殊学校,和这些特殊的天使们一起游戏,一起学习,为他们送去学习用品和生活用品,她浑身上下散发着爱的光,成为特殊学校孩子们最喜欢的"太阳""月亮"。唯有真心与真情,才会成为太阳和月亮!

爱心不是一个人的事,世界不会因为一个人的爱心而改变,但是会因为一群人的爱心而温暖,小小的董奕辰将自己的爱心,传递给身边的小朋友,用一根蓝丝带,传递着奉献和爱。

董奕辰幼小的心灵,经历了一次次公益活动的洗礼,经受了刘书收、刘景云良好家风的影响,已经有一颗充满了博爱的心,她会成长为温暖这个世界的好人……

穿越风雨的相见

——刘书收的忘我境界

史　峰

　　刘书收会长既是一位有作为的乡村企业家，还是一位坚定的共产党员，他之所以十年间一直坚持慈善事业，无怨无悔，因为他拥有助老、助孤，向老党员、人民老兵致敬的忘我境界。出于这种境界，他就有了投身慈善事业的坚定决心和无悔前行的身影！

　　说他坚定，说他无悔，有一个小事情足以佐证。爱心协会的慈善事业刚刚起步的时候，他已经是六十岁的老人，正是儿孙绕膝安享天伦的美好时光。

　　可是他却看不得身边那些老人受苦，看不得身边那些孤儿受困。他悄然掏钱置物，上老人门，走孤儿户，费钱耗神地伸出慈善的双手帮助那些需要帮助的人。

　　当他掏钱为别人改善生活、脱离困境的事情不胫而走的时候，知心老友在路上遇到他，就把他拉到偏僻处，小心地不断端详他的"气色"。

　　刘会长问："端详个啥？"

　　老友说："端详你是不是脑子出了毛病。我听说你掏自己的腰包，为别人花钱？你是不是傻了？是不是犯神经了？家里什么样的好日子，经得你这样霍霍？我劝你赶紧收手，免得把自己的钱霍霍光了，自己落一身不是！"

老友的话掏心置腹，真心是为他好。可是刘会长坚持做慈善的心坚定如铁，他硬是没有听从老友的开导，带着世人眼里"犯病""傻瓜"的标签，毅然决然地继续走访孤困老人和儿童。他的背影如此坚定，十头牛也拉不回的慈善心，就是因为有无我的境界，让他可以抵住一切世俗的目光，走向慈善事业的正大光明。

他用自己的善良继续为老人孩子送温暖，也为社会"自私唯我"的病态风气把脉，开一剂劝人心向善的良方！他用自己心里的光，照亮了周边的空间，经过十年的磨砺，这束光已经成为可以照亮沂蒙大地的光芒！

每个人心中，都要像刘会长这样，在心里永远守住善良温暖的光，因为会有许多的人需要这束光的凝聚与照耀，成就社会的温暖与和谐。能够把心中的慈善之光，焕发成照亮社会的大光明，刘会长历练出忘我的境界，还有许多细小的情节可以佐证。

6月24日，下着大雨。刘会长驱车带队到坊前看望一些百岁老人。

出发前，雨越下越大，但是没有人打退堂鼓。因为刘会长一个坚定的眼神鼓舞了大家："人生百岁，要经历过多少风雨！我们经历这样一场风雨，为老人驱寒，跟他们唠唠家常，这是我们的使命，老天正在考验我们的境界……"

风雨中踏上前行的路，心里特别敞亮，也特别感动——因为领头人是一位快七十岁的老人，他花白的头发，蹒跚的步履，就是这支慈善队伍的号角和旗帜！

出发，再大的风雨，也义无反顾！东隅已逝，桑榆未晚！刘会长有拼命三郎的精气神，其他人没有理由不跟随在这位协会当家人的身后勇往直前！

走进一门三英烈士遗属的家里，刘会长拉着烈士遗属的手，叫一声老母亲。老人认出了刘会长，抱怨起来："儿呀，下这么大的雨，你就不能等等雨停呀。"她用颤抖的手去擦拭刘会长手背上的雨水。

刘会长回答："老娘呀，面对旧社会的枪林弹雨，英雄们不也没有等等吗？这点雨算不得什么。来看你老人家，我是一分钟也不能等呀。多等一分钟，都感觉对不起英雄呀。"

老人眼窝里含着泪，用手紧紧地拉住刘会长说："儿呀，儿呀，让我可怎么说你。现在新社会了，你可别这么拼命了，你要是把自己拼倒了，娘可怎么活……"

不是娘俩，却胜似娘俩的情景，让在场的人都模糊了双眼，发丝上的雨水滑下来，混在了泪水里。

是呀，再大的风雨，也抵不过那些年的枪林弹雨。今天，拉着烈士遗属的手，叫一声老娘，这是刘会长对英雄的崇高敬意。天地无言，真情无价。这是慈善行动最要紧的意义！刘会长时时提醒自己，风雨里最不能忘却过去的时光，忘记枪林弹雨，就是对历史的背叛。无论什么情况下，慈善不退缩不止步，唯有忘我方能如此。

老娘说得没错，做慈善刘会长是很拼的，拼得让人心疼，拼得让人担心。要知道，那些天是他"复阳"转阴后身体的虚弱期，需要静养恢复。刘会长虽然给团队拿出了确切转阴的测试结果，但是并没有给大家展示出可以"顶风冒雨"的身体状态。身体虚弱着，唯有目光是坚定的，他走路"轻飘飘"的，着实让团队的人们担着心、揪着心……

雨水完全打湿了他的衣衫，看老人送温暖的车辙依旧在风雨里、在坊前镇的村庄之间延伸，还有许多百岁老人在他的心里惦记着。

刘会长这个慈眉善目的老人，顶着一头白发，冒着大雨，敲开一家家百岁老人的家门，他一一拉起老人的手，喊一声"老娘"，唤一声"老爹"，问一声"还好吗？"。

老人们都是用充满担心和慈爱的目光看着他，久久地看着他，然后伴着泪光叮嘱："儿呀，咋又来了，自己身子骨也顶要紧的，别光顾了看我，累坏了自己。听话。"

人间的大爱，莫过于这样一场深情相逢；无量的爱心，莫过于你我的相互牵挂；无我的境界，莫过于穿越风雨的这一场温暖相见……

第四章　传承家族血统

家族精神点燃慈善之光

刘书收 口述　卢言学 整理

《说文》曰："姓，人所生也。古之神圣人，母感天而生子，故称天户。因生以为姓，从女生，生亦声。春秋传曰天子因生以赐姓。"

《通志·氏族略》曰："三代（夏商周）以前，姓氏分而为二……三代之后，姓氏合二为一，皆所以别婚姻而以地望明贵贱。"

在莒南县境内的沭河两岸，分布着许多以姓氏命名的村庄：杨家湖、刘家湖、于家湖，王家岔河、季家岔河、刘家岔河，庞家临沭、杨家临沭、陈家临沭、赵家临沭，卞家涝坡、王家涝坡、葛家涝坡、李家涝坡……这些沿沭水聚族而居的村庄，如同九曲沭水，源远流长！

——题记

我们板泉镇大王刘庄，清初王、刘两姓相继迁此立村，取名王刘庄；清同治年间，刘姓分出数户另立新村，称小王刘庄，我们村便改称大王刘庄。全村约700口人，刘姓占三分之二，500人左右。

我们家谱《刘氏族谱》记载：刘氏原籍江苏海州十八村，明初遭难，始迁祖自洙边迁至王刘庄……

在我们农村，宗族是最重要的社会关系。同宗共祖的人生活在一起，有着共同的地域、文化、历史以及祖先信仰，工作上，光宗耀祖拼搏奋进；生活中，追本溯源畅叙亲情；困难时，同舟共济互帮互助。这方面，在我从事乡村慈善的十几年里，体会得尤其深刻！

2013年9月，我们成立"临沂最美夕阳红慈善协会"时，发起人和骨干成员有：兄弟辈刘书利、刘书习、刘书生、刘书华；侄子辈刘厚坊、刘景文、刘景阳、刘景国、刘景华、刘景柱；孙子辈刘朝军、刘朝杰等。真是"打仗亲兄弟，上阵父子兵"！

第一个冲上阵的是侄子刘厚坊。在我们酝酿成立"临沂最美夕阳红慈善协会"时，他当即捐款10万元！这10万元，不仅仅是真金白银，更是我们宗族做好慈善公益事业的信心和力量！

刘书亮的儿子刘厚坊，是我们家族最引为自豪和骄傲的孩子。他从小聪明可爱，尊重长辈，孝敬父母；学习更是刻苦努力，成绩优异。1994年考入山东大学。毕业后，通过自己的智慧与奋斗，在省城济南创办十几家企业。在2013年9

月 10 日"临沂最美夕阳红慈善协会"成立大会上，他发言时，掏了自己的心窝子话：每当回老家，和老少爷们儿谈起家长里短、乡风民俗、社会发展等话题，心里就特别激动；当然，孝敬父母、尊敬老人是永恒不变的话题。他是我们协会的名誉会长，十年来，为我们慈善协会捐款几十万元。

更可贵的是，刘厚坊身在外地，心系家乡。他组织在济南工作生活的莒南籍老乡，以乡情、亲情、友情为纽带，发起成立"莒南新商界"联谊会。无论是在齐鲁云商考察，还是走进山东大学创业训练营，他都情真意切，倡导大家"创业不忘家乡，成功不忘家乡，致富不忘家乡"。

父母是孩子的第一任老师。刘厚坊说："我积极参加慈善活动的过程，成为家庭教育的良好背景和资源；本人的孩子刘尚知道爸爸做慈善，他觉得有这样的老爸特别光荣，也愿意跟着他的老爸献爱心、讲奉献。慈善的力量会转化成父慈子孝的优良家风，这是非常美好的事情。"

刘厚坊的儿子刘尚，2002 年生。在他 13 岁上初中一年级时，便把他的压岁钱拿出来，捐给我们公益慈善协会：2015 年 2 月 16 日，1500 元；2016 年 1 月 30 日，3000 元；2017 年 2 月 2 日，3000 元……每次回老家捐款，他都说："我之所以走上慈善之路，与老家人向善行善、尊老爱老、邻里和睦的家风密不可分；老家里那些人的温暖善良，在我心里埋下了怎样做好人的种子。"

刘尚现在是一名大二学生。他跟同学们说："帮助别人，成就帮助自己；作为新时代青年，要做爱的传播者，做正能量的传递者！"

我的老兄刘书利，1950年12月生。从"临沂最美夕阳红慈善协会"，到"莒南县尊老爱老公益慈善协会"，他是发起人、副会长。

十年风雨，十年沧桑，一路走来，书利兄始终与我肩并肩，初心不改！我们一起，先后走访板泉镇、莒南县乃至临沂市三区九县几千名孤寡老人、百岁老人、老党员、残疾人、困难家庭和失学留守儿童……无论刮风下雨，酷暑严寒，从未中断。十年来，他自己捐款捐物十几万元。

刘书利的父亲在革命战争年代是一名地下党员，后来任沭水县公安局副局长。书利自幼以父亲为榜样，决心将父亲的故事和精神传承下去。工作后，长期从事水利建设工作，把自己的青春和汗水，毫无保留地献给了祖国和人民。退休后，又积极投身公益慈善事业。年过七旬的老人，身体上病痛始终折磨着他；虽然不再年轻，不再拥有往日的活力和精力，但他依然参加活动——无论是近的几十公里，还是远的上百公里，他都是自己自费开车前往！

刘书利的儿子刘部队，1972年生，山东隆泰律师事务所工会主席、副主任，临沂市优秀律师。我们"莒南县尊老爱老公益慈善协会"常年法律顾问。

刘部队是临沂市优秀慈善志愿者。他和他的律师团队，组织参加了一系列活动：2021年2月5日，在莒南县十字路街道参加"青春相伴，希望同行"爱心捐助仪式；2022年1月11日，在河东区太平街道，开展"送法进社区，寒冬送温暖"

活动；2023 年 1 月 15 日（腊月二十四日），到沂南县大庄镇东升村，冒严寒冰雪，为老党员、老干部和困难家庭送年货……

这是我们家族文化一脉相继的传承，是我们公益慈善事业后继有人的希望！

可歌可泣的，是那些普通百姓：收入不多，却乐于捐助；身处社会底层，却处处充满爱心！

刘书习，副会长，原先做柳编企业，因货款难以回收四处打工；刘景文，副会长，在外打工；刘景阳，秘书长，在外打工；刘景国，监事长，竹木个体销售；刘景华，副会长，在外打工；刘景柱，退伍军人，货车司机；刘朝军，在外打工，兼收废旧物品……这些公益慈善协会的骨干成员，除了自己捐款捐物，只要协会有活动，无论干什么工作，无论身处何地，一声令下，都会马上回到老家，投入活动中去！

儒家说：修身齐家治国平天下。家族慈善是中国传统慈善的主要形式，也是我们"莒南县尊老爱老公益慈善协会"发展的基石。我们先从家族内部的互动开始，集家族之力对家族内部的弱者进行帮扶。然后关爱身边的人。2013 年 9 月 10 日，走访慰问本村困难群众 200 余户；2014 年 1 月 23 日，又走访慰问本村困难群众 150 户。由家族之爱推及他人之爱，最终我们公益慈善协会走向全县，走向社会……

把小爱变成大爱；让家族的慈孝文化，最终变成家国情怀。

刘氏家训说："敦孝悌，睦亲族，和乡邻，明礼让。"祖祖辈辈的治家格言是："立身其正其言，待人以厚以宽，教子唯忠唯孝，治家克勤克俭。”

　　我想，正是家族精神，正是中华民族的优良传统，点亮了我们的慈善之光！

为了世界更加美好

刘厚坊

我叫刘厚坊，1973年3月出生，是一名中共党员，老家是莒南县板泉镇大王刘庄村，1994年考上大学毕业后，留在济南工作至今。

孝亲敬老是几千年华夏的文明，是文化的传承与核心。

记得小时候，就经常听母亲给我们讲花木兰替父从军、王祥卧冰求鲤等孝敬父母的故事，从那时起心里就想长大后一定好好孝敬父母，报答养育之恩。我还记得叔父刘书收帮助邻里解决各种困难的善为善行，他为人和善，待人真诚，对周围的人特别好，谁家有个难处他都愿意出手相助。从那时起，老一辈人讲善行善的言传身教，就成为藏在我心底里的慈善种子……

上学后，随着年龄和受教育程度的增长，更让我懂得了孟子曰"老吾老以及人之老"的深刻含义。华夏文明上下五千年，自古以来，就有尊老爱老敬老的优良传统，尊老敬老是一项神圣的使命，它传递着阳光，让温暖洒到人的心间，它传播着爱，让社会更美好、更和谐。

大学毕业后，我在济南开设了几家公司，随着业务不断发展，经济能力也有了很大的提高。我们家族的家风很好，逢年过节时，每当回老家，常和家中叔父刘书利、刘书收、刘书生等谈起家长里短、社会发展等状况，当然孝敬父母、尊敬老人是永恒不变的话题。

有一次，在交谈的过程中，我们认为孝敬父母、尊敬老人不能局限在我们家族当中，要放眼全村、全镇乃至全县更大空间！结果，我们家族中以上几位叔父和我作为发起人，成立了"莒南县敬老爱老爱心公益协会"，这是莒南县乃至临沂市第一个由村民自发成立的敬老爱老协会组织。因为我对尊老爱老这个事特别认可，当时就为协会捐了10万元，用来表示对协会的全力支持，也表达对家乡父老的感恩之情。

协会成立后，十年以来，在会长刘书收的带领下，整个家族都参与到了这一场爱心活动的马拉松中。

十年来，副会长刘书利、刘书生，协会成员刘书习、刘景华、刘景文、刘景阳、刘景国、刘景凯、刘朝军、刘朝杰等不计个人得失，出钱出物，出人出力，无私奉献，牺牲了很多打工、做生意的时间，不管风吹雨打，严寒酷暑，每逢九九重阳节、八一建军节、中秋节、春节都带上各种礼品，开着货车、轿车走遍了沂蒙大地，三区九县都留下我们协会爱心使者的脚印。

十年来，协会累计组织走访活动几百起，走访困难老人、老党员、老战士几千名，行程总计几十万公里，捐款捐物达135万余元。在刘书收会长及广大志愿者慈善精神的激励下，我也积极参与协会的募捐活动，作为名誉会长捐款捐物几十万元，就是想让咱们协会尊老爱老的慈善行动源头有水，不断流，成为咱们沂蒙山区永远保持生命力的慈善正能量。

更让我欣慰的是，我积极参加慈善行动的过程，成为家庭教育的良好背景和资源，本人的孩子刘尚知道爸爸做慈善，他觉得有这样的老爸特别光荣，也愿意跟着他的老爸献爱心、讲奉献。慈善的力量会转化成父慈子孝的优良家风，这是非常美好的事情。在慈善精神的激励下，刘尚多次把压岁钱几千元捐给了协会，支持协会帮助那些需要帮助的人。

有人问刘尚："把自己那么多的压岁钱捐出去，不心疼吗？"孩子充满阳光地回答："不心疼呀，帮助别人最快乐。"在慈善精神的洗礼下，孩子养成了善良温暖恭良的品性，每每有老师、周边朋友夸奖儿子懂事、阳光、善良的时候，我总是感觉到带着孩子与刘书收会长一起做慈善很有收获。

随着协会组织活动的增加，协会的慈善行动引起了社会的高度关注，《今日头条》，临沂电台、电视台等都做了主题报道，我们协会先后得到了镇、县、市、省乃至国家有关部门的奖励和肯定。

回顾十年来的风雨历程，我们由衷地为我们的付出感到骄傲和自豪。"赠人玫瑰，手有余香"，当你看到一个个老人由于你的付出而高兴时，我们内心充满了无比的幸福和满足。尊老敬老爱老的美德是黑夜里的一盏灯，是寒冬里的一把火，是沙漠里的一泓泉，是久旱时的一场雨，让我们大家一起行动起来，做到尊老爱老敬老，让世界更美好！

恒心做慈善，弘扬好家风。刘书收会长曾经对我们说的这样一句话："这是我们兄弟爷们儿义不容辞的责任！"

（刘厚坊，原籍莒南县板泉镇大王刘庄村，济南企业家。现任莒南县尊老敬老爱心公益协会名誉会长）

做新时代敬老青年

刘　尚

　　我叫刘尚，2002年2月出生于济南，籍贯是临沂莒南。我爸爸的故乡是沂蒙山老区，考上大学毕业后，留在了济南工作，妈妈也是大学毕业。我们一家三口人都是慈善事业的支持者，也是慈善行动的实践者，之所以走上慈善道路，与老家里人向善行善、尊老爱老、邻里和睦的家风族风有着密切关系……

　　记得我很小的时候，每逢节日，爸爸妈妈就带我回沂蒙老家探望爷爷奶奶、叔父大爷、姑姑婶婶，一大家子人其乐融融，好不热闹，相聚期间充满着农村那种朴素淳朴的亲情，让人倍感格外幸福。

　　我记得爷爷奶奶对我说得最多的话就是，要懂事，要孝敬父母，听长辈的话，多做好事，尊敬老人啥的……虽然很小听不太懂，反正让我那时候心里知道这是告诉我做好事，知道这样做才是对的，可以说老家里那些人的温暖善良，在我心里埋下了怎样做好人的种子。

　　随着我慢慢长大，在幼儿园、小学、初中学习过程中，学校教育更一步步教育我们怎样成长、懂得感恩、树立良好的人生价值观等做人的道理，先进的道德模范、诸多的英雄事迹又时刻教育着我们这一代。年轻人怎样扎扎实实走好人生每一步路，可以说是为我们以后的人生之路打下了良好的基础。

记得爸爸妈妈从小对我的要求更是非常严格，经常告诉我很多做人的道理，有时候年少无知，跟爸爸争论，爸爸总是耐心地给我讲解一些道理，虽然心里那时候不服，但可以说内心深处也知道爸爸说的是有道理的。比如爸爸讲到"好人有好报"的观点，说到了"种瓜得瓜，种豆得豆""善有善报，恶有恶报"，还与我分享了《阿里巴巴与四十大盗》，这个故事我是读过的，心灵的共鸣，让我渐渐理解了善良和正直美德非常重要。

温馨的家庭，总会生发美好的善举。爸爸是那种乐于助人的人，他的善良让我深深敬仰。他曾无数次在别人遇到困难时伸出援手。我记得有一次，他为老家的爱老尊老协会一下子捐出了10万元。爸爸毫不犹豫地拿出他辛辛苦苦赚来的钱为社会奉献爱心的行动，深深地印在了我的心里，让我明白了金钱的实际价值在于为社会搭建温暖的慈善驿站！

妈妈总是默默地支持着爸爸的善举，她的慈善心始终和爸爸在一起，她用自己的行动告诉我们，家庭的支持是爸爸能够去帮助他人的关键。在这个充满爱的家庭中，我学会了如何去关爱他人，如何去奉献自己的一分力量。爸爸的善良和妈妈的鼓励让我明白，一个人的力量或许有限，但一个家庭的温暖和爱却是无限的。爸爸妈妈的善举，让我深深体会到，善良的力量是无穷的。它不仅能够照亮别人的生活，也能点亮我们自己的心灵。

我想对父母说一句感谢，感谢他们的爱让我成长为一个有爱心、有责任感的人。他们的善良和爱心是我永远的榜样，我会继续努力，像他们一样去关爱他人，去为这个世界贡献自己的一分力量。

读万卷书，行万里路。在求学上进的道路上，我更加明白了课本当中学到的"老吾老以及人之老，幼吾幼以及人之幼"的道理。可以说正是爸爸和家族里爷爷、大爷们成立的"莒南尊老爱老爱心公益协会"，通过不懈开展帮危济困、尊老爱老的活动，让我也立志做一个像他们那样的新时代青年，投入到这支无私奉献的队伍当中去！

虽然现在我还是一个大二学生，但我认为，仁爱不分大小，善举没有先后，做慈善一直在路上。记得我自打上小学开始，受爸爸影响，我就把每年长辈给的压岁钱都捐给爱心公益协会，从几百元到几千元不等，虽然不是一个大数目，但一想起我的一点爱心能帮扶到更需要帮扶的人，就感到很幸福自豪！就充满了正能量！

帮助别人，成就自己，作为新时代的青年，今后我会一如既往地在学校、社会乃至工作岗位等不同的环境中做爱的传播者，做正能量的传递者，更会带动身边更多的青年加入尊老爱老敬老的志愿者大军里来！让我们的世界充满爱！

（刘尚，在校大学生，"莒南县尊老爱老爱心公益协会"名誉会长刘厚坊之子）

尊老敬老爱老　弘扬良好风尚

刘书利

我，一个土生土长的沂蒙老区人，生于并成长于莒南板泉这片红色的土地。

我的父亲在革命战争年代是一位地下党员，后来在沭水县公安局担任副局长。他是我心目中的英勇人物，他的革命生涯在我的记忆里就像一部壮丽的史诗。

在我童年的记忆中，父亲总是忙碌的，但每当夜晚临睡前，他总会把我抱在怀里，讲述那些关于革命战争的故事。讲如何参加孟良崮战役，如何在临沂保卫战中坚守阵地，以及如何跟随大部队进入大别山区，如何抓劣绅和敌人开展斗争。这些故事就像一颗颗璀璨的明珠，串联起我对家乡和父亲的深深敬仰和爱意。

在那些革命故事中，我仿佛能看到父亲的身影，他英勇无畏，坚韧不拔，对国家和人民忠诚如磐。他的故事就是一部活生生的革命教科书，教育我要立大志，为国家和社会做出贡献。父亲的讲述，让我仿佛置身于那场伟大的革命战争中，感受到人民的决心和毅力，感受到胜利的来之不易。这些故事，让我更加深刻地理解了沂蒙老区人的坚韧和不屈，也让我更加坚定了为国家和社会贡献自己的信念。

我是幸运的，因为我在充满爱的家庭中成长，我受父亲的影响，立志成为一个有担当、有责任的人。我将以父亲为榜样，将他的故事和精神传承下去，为家乡、为国家、为社会做出自己的贡献。在沂蒙大地上我找到了自己的根，也找到了自己的人生方向。我的父亲，他的故事和信仰，将永远是我人生道路上最坚实的支柱！

工作后，我长期在政府部门从事水利建设工作，在新中国那个艰苦的年代，我亲眼见证、亲身体会到了国家基础设施的落后和薄弱，劳苦大众的困苦和艰辛，所以一直凭着坚强的意志和拼搏的精神发扬一不怕苦二不怕死的革命斗志，把自己的青春和汗水毫无保留地奉献给了祖国的建设工地和热土上。20世纪的六七十年代，可以说正是我们这一辈的热血青年的付出，才创造了一个个奇迹，奠定了祖国发展的良好基础。

后来，从工作岗位上退休后，本人也时刻保持着一颗奉献之心，想着怎样发挥余热回馈社会。由于我们家族家风很好，尊老、爱老、敬老一直是我们家族的优良传统，家族中的我们几个长辈（刘书利、刘书收、刘书生等）经常在一起讨论怎样回馈社会，后经过商定，决定以刘书收、刘厚坊、刘书利、刘书生等人作为发起人，成立"莒南尊老爱老爱心公益协会"，以协会组织的形式，通过一系列慰问、走访、发放福利的形式关照关爱老人，倡导正能量，弘扬社会良好美德和风气，带动更多的人和社会力量参与到敬老爱老的活动中来。

2013年9月，我们发起成立临沂最美夕阳红慈善总会（暂用名），2018年10月经莒南县民政局登记注册，成立"莒南县尊老敬老爱心公益协会"。协会成立以来，本人捐款捐物10余万元，协同协会会长刘书收以及其他同志，风雨无阻，不畏困难，先后走访了板泉镇莒南县乃至临沂市三区九县的几千名孤寡老人、百岁老人、老党员、新中国成立前老革命、老战士，后来扩大到残疾人、困苦家庭和失学儿童等，十年来无论严寒酷暑，刮风下雨从未间断，大大小小组织了几百次活动，行程几十万公里，用货车满载着对老人、残疾人、老党员、老革命、老战士的福利品，逐一发放，每到一处都得到了群众的交口称赞，受助人也都非常感动，一个个感人的画面，一个个动人的故事，无不让人心中充满温暖，时刻印记在我的心中。

由于我们常年的爱心行动受到了社会的广泛关注，我们的协会多次被镇、县、市、省乃至国家有关部门表彰，我们的爱心也带动了300余人和社会各个组织参与到这个行动中来，尊老爱老敬老的社会风气正越来越浓，这正是我们协会每一位成员的美好愿望！

现在，我是一位已经年过七旬的老人，每当我回顾自己的人生历程，我不禁感慨万分。身体上的病痛不时在提醒我，我已经不再年轻，不再拥有往日的活力和精力。然而，正是在这样的情况下，我仍然坚持参加各种活动，无论是近的几十公里，还是远的上百公里，我都自费开车前往。

有时，一天的走访慰问活动下来，我感到身体疲惫不堪，甚至好几天都难以恢复。这种辛苦和劳累，有时真的让我感到力不从心。然而，我深知，为了更好地弘扬社会正能量，打造和谐社会的良好风气，我必须坚持下去，尽我所能去支持协会的活动。

在这个世界上，奉献是一种力量，它能让我们的内心充满阳光和希望。我会一如既往地支持协会的活动，为社会做出更大的贡献。我愿意用我的行动，来展示我对协会的衷心祝愿，让我们的协会越办越好，为社会做出更大的贡献。

每当我看到那些因为我们的努力而受益的人们，我的心中就会充满喜悦和满足。在他们的笑容和感激中，我看到了自己的价值，也看到了协会的价值。我们的一切付出和奉献，都是为了让这个世界变得更加美好。

我还是一位党员，我知道自己肩头的责任，要时时刻刻心系老百姓。我将更加珍惜每一个时刻，用我的行动去传递更多的正能量，去感染更多的人。我相信，只要我们每个人都尽自己的一份力，社会就会变得更加和谐美好。让我们一起携手前行，为这个世界带来更多的希望和阳光！

（刘书利，男，1950 年 12 月出生，中共党员，莒南县板泉镇大王刘庄村人。现任莒南县尊老敬老爱心公益协会副会长）

慈善路上二三事

刘景阳

有这么一首老歌："只要人人都献出一点爱，世界将会变成美好的人间……"我想的确是如此，如果人们互相关爱，那么人与人之间的关系便是纯真完美的。

古话说百善孝为先。尊老敬老爱老助老是我们中华民族的优良传统美德，是先祖先辈们传承下来的宝贵财富。在我们源远流长，博大精深的传统文化中，重视人伦道德，讲家庭和睦是我们中华文明的精华，也是中华民族强大凝聚力与亲和力的具体体现——刘书收会长在给协会志愿者们上慈善课时的发言，至今我记忆犹新。从这些话里，我感受到了刘会长的慈善凝聚力。做慈善他不但说得出，而且能够做得到，身体力行，他是我们的领头人，也是我们的好榜样。

我记得我加入莒南县尊老爱老爱心公益协会的初衷是，无私奉献、无怨无悔、不求回报、不图名利，弘扬尊老敬老爱老助老公益协会的奉献精神，实践友爱互动进步的志愿者精神。

刘书收会长一直鼓励大家，用志愿者们温暖的心传递人间真情，将志愿者服务常态化。并且呼吁更多的爱心人士加入志愿者的队伍中来，努力将文明的新风吹遍沂蒙大地。在沂蒙大地做慈善，刘书收会长就像是一把火炬，我们是奔着人性的光明和光辉而来！

我永远忘不了那年寒冬腊月的小年，我们志愿者团队怀着"情暖冬日，爱在夕阳"的初衷，带着浓浓的关爱走访岭泉镇新中国成立前老党员和困难老党员，走村入户与老人拉家常，问冷暖，鼓励老人保持乐观心态，给人送去温暖和祝福，以实际行动彰显志愿者风采。

我们志愿者团队驱车行走在路上，我小心翼翼地驾驶，但我们的车辆还是不慎与一辆满载货物的大车发生了剐蹭，撞击的瞬间险象环生，让人惊恐万分。交警很快赶到现场进行鉴定，他们在看到车辆的损坏情况后，惊讶地发现人员竟然安然无恙。他们纷纷表示这是奇迹，因为一般来说，这样的交通事故往往会造成严重的人员伤害。

我们的志愿者团队毫发无伤，是我们的善心修来了福德，老天爷也在保佑我们。车子虽然损伤严重也没有停止去看望新中国成立前党员和贫困党员前辈们，我个人的这点损失早就抛在脑后了。

事后，我把自己的车辆送修，刘书收会长跟我要修车费用发票单子，协会要承担修车费用，补偿我的损失。我对刘会长说："不用。那些老党员在旧社会为国家和人民做贡献，他们的个人损失比车损大得多，不也无怨无悔吗？我这个事根本不算啥，要是用了协会敬老爱老的钱去补偿我的车损，我过意不去。"

刘会长拍拍我的肩膀说："景阳，有境界！没有私心、没有抱怨，困难面前不退缩，危险时刻不畏惧，你就是咱们志愿者里的先锋模范！"

那时，刘会长的表扬和鼓励，让我特别不好意思。

事实上，让我淡看车损的原因，就是长时间跟随刘会长做慈善学成的习惯。我的车损是损失，可是刘会长做慈善几万块几万块地捐钱、撂下自己的生意不顾，要说损失，那不是更大的损失吗？他的损失最大，可是他没有用过协会的一分钱。

刘会长是一位真正无私的人，正是他的无私，潜移默化地影响了我，让我看淡了自己的损失，才能够义无反顾地行走在慈善的路上！

专心给前辈们送去爱心，看到前辈们脸上洋溢着幸福的笑容，那种渴望被关心的眼神久久不能忘记，慈善是温柔的眼神，抚慰孤弱的灵魂。慈善是无语的呵护，给人温馨和安详……

我的慈善行动，也影响到了家人和朋友。我积极带动身边的亲朋好友捐款，参与看望全县百岁老人、新中国成立前老党员、贫困老党员的行动，还有对大王刘庄七十岁老人和孤困儿童走访283次，行程630000公里，共看望6360余人……

协会从12人团队，发展成为至今300多人的团队，经由刘会长的爱心凝聚和无私示范，已经产生了不可撼动的号召力，团结一心总是可以诞生无限的希望。

十年风雨一路兼程，我们一直与刘会长一起，感受着帮助别人时的欣慰与快乐。让我们行动起来，呼吁更多的爱心人士加入尊老爱老爱心公益协会团队里来，为建设美好社会贡献自己的力量！

吃百家饭长大的孩子

刘朝军

提起慈善，我的心里就有着一团火的温暖。我叫刘朝军，莒南县板泉镇大王刘庄村人，我现在做着废旧钢材废品收购生意。

我没有文化不识字，村里人都知道我小的时候母亲身体不好，在我十岁左右母亲就离开了我们。父亲是农村庄户人，没有能力，兄弟姐妹多，家庭很穷，饭都吃不上。妹妹还小，五六岁就没有娘了，我们兄弟姐妹五人，从小就是在大娘婶子家吃百家饭长大的。父亲也是不容易，又当爹又当妈，把我们兄弟姐妹五人抚养长大成人，都有了家庭。他老人家刚到花甲之年应该享受幸福的时候，突发疾病也离开了我们。我虽然不识字，但我知道孝顺，懂得感恩。

我要回报社会。我们大家族里的长辈刘书利、刘书收、刘书生、刘书习，还有在济南工作的刘厚坊，他们早在几年前就商量成立一个慈善组织，走访看望百岁老人、残疾老人等。时间很快，就在2013年9月成立了临沂最美夕阳红慈善协会，我就及早地加入了这个慈善组织。第一次走访了我们大王刘庄村里的六十岁以上的老人，春节即将到来又走访了板泉镇赵家临沭村里的百岁老母亲、渊子崖村里的百岁老父亲林九席。我们给这些百岁老人送去米、面、油和各种食品，在寒冷的腊月里我们送去了煤块，老人家都非常高兴。

我从那时候看到慈善的力量暖人心，我就长年不断地跟着以刘书收为会长的慈善组织这个大家庭搞走访活动。每次走访活动，我该出钱的时候出钱，该出物的时候出物，该出车的时候就出车。我们走访全镇、全县、全市的时候都是用自家的私家车，提前加好油。我们走访那些百岁老人、新中国成立前的老党员、抗战老兵等都非常开心。这十年来，我们这些志愿者从不计较，团结一致。我经常开车到临沭县城去接临沭的那几位志愿者，他们都年龄大了，有车也开不了。在走访活动的时候时间都很紧，并且有的是山庄，道路狭窄，村里的街道七拐八拐非常难走，他们这些老志愿者有信心有爱心，每次活动都参加。他们有爱，我也要更有爱心，我开车去接他们，王文杰、王首富快六十岁了，明立果、李健英、付秀金都六十岁，吴侠清七十五六了，吴绍福、高忠熙他们将近 80 岁了，协会在这些元老的支持下，发展得非常快，我们青年人更有信心和力量。以后我们将在各级领导的支持下继续努力，做好慈善事业，当好一名合格的志愿者。

敬老爱老，从你我做起

刘景华

我叫刘景华，1963年出生，是莒南县板泉镇大王刘庄村村民，是莒南县尊老爱老慈善协会成员、慈善公益志愿者。

我们这个协会的成立，得益于我们整个家族优良的尊敬老人、孝敬老人的优良传统。我们家族在村里是个大家族，自打我从小有印象开始，我就记得家中爷爷奶奶和父母时常教育我们要孝敬父母、尊敬老人。家族中团结和睦，彼此相敬如宾，我们的父辈伺候长者的例子比比皆是，传为佳话，也成为我们这一代学习的楷模。所以说，当我们家族长者和兄弟于2013年9月份倡导成立临沂最美夕阳红慈善协会（初用名，后于2018年10月经莒南县民政局登记注册为莒南县尊老爱老爱心公益协会）的时候，我积极报名加入了这个公益组织。

我们这个协会组织成立之初就以"无私奉献、无怨无悔、不求回报、不图名利"为初衷，10年来，已组织了几百场敬老爱老活动，受助老人、老党员、老战士和失学儿童、困难群众多达几千人。作为协会主要成员和志愿者，我亲力亲为参加了以上活动，从搬运慰问礼品，逐家走访到驱车很远参加各种活动，我都积极参加，目的就是弘扬孝敬老人传统文化，以身作则，做敬老爱老的先锋代表。我也教育自己的孩子敬老爱老，致力于公益事业，为老人、为他人、为社会做力所能及的事情。

十多年来，虽然为了参加以上活动，本人又出钱又出力，并且耽误了很多次打工赚钱的机会，但我乐在其中，没有丝毫怨言。我认为，尊老敬老爱老是一种社会担当，只要我们每人都出一分力，发一分光，更多的老年人必定会拥有充实而又幸福的晚年。敬老爱老，从你我做起，让我们积极弘扬正能量，为构建社会主义和谐社会做出应有贡献！

第五章　构建民心工程

夯实乡村慈善民心工程

刘书收 口述　卢言学 整理

《吕氏春秋·君守篇》曰："奚仲作车，仓颉作书，后稷作稼，皋陶作刑，昆吾作陶，夏鲧作城。此六人者，所作当矣。"

《吴越春秋》载："鲧筑城以卫君，造郭以守民，此城郭之始也。"

沭河两岸，村村落落建有"三官庙"：上元天官尧帝，中元地官舜帝，下元水官禹帝；沭河边有个"禹王城村"，相传是鲧之子大禹的出生地。禹变"堵"为"疏"，"三过家门而不入"，终于完成"造郭以守民"的父亲未竟治水之大业！

——题记

我是在 1999 年 4 月 23 日村委换届选举中，被村民选举为村主任的；2005 年 7 月 1 日，党的生日那天，开始任村党支部书记。

中国老百姓历来把"筑路修桥建学校"看成最大的积德行善。我在村里任职的十几年里，体会最深刻的是：多为群众办实事好事，工作就做到了老百姓的心坎上。我们村的中心大街拓宽硬化，市里的岚济路拓宽和沭河大桥建造等，都是当时最重要的民心工程。

1999 年的村委换届选举，是《村民委员会组织法》正式颁布后的第一次换届选举。以前的选举，候选人都由上级政府机关指定；这次换届选举，普遍推行"海选"，每个村民都有自己庄严的一票。"海选"彻底改变了游戏规则，极大激发了农民的参选热情。我们村当时有选举权的 500 余人，第一轮先推出 4 个候选人。在 4 个候选人中，我的得票遥遥领先。最后正式选举中，我又得 460 多票，以 95% 的得票率当选为村委会主任。我从村民信任微笑的目光里，感受到了担子沉甸甸的分量！

新官上任三把火。我当时 40 多岁，正值人生壮年，精力充沛，浑身有使不完的劲。

我的第一把火，是千方百计带领村民发家致富，同时增加村集体经济的收入。我们充分利用岚济公路从村子中间通过，是重要的交通要道；又处于临沂、莒南两县市交界处，沭河大桥跨境而建，商贸繁荣等得天独厚的条件，规划建设经济开发区。记得 2005 年 3 月，镇乡村建设服务站站长带队，在我村办理审批证件。因为我们的开发区位置优越，条件优惠，服务优良，前来开发区投资兴业的村民十分踊跃。镇上工作人员加班加点，连续办证三天。最后那天晚上，为表达村民的感激之情，我自己设宴款待他们。酒宴刚开始，服务站站长便找来大碗，倒上满满一碗白酒，足足一斤，打趣说："老刘，你如果能喝下这碗酒，我会在不违背政策的前提下，把收费降到最低点；省下的全部归你！"大家都知道我是从来不喝酒的。此时，我猛地站起来，两人击掌："君子一言，驷马难追！"这碗白酒，让我肚子里翻江倒海，折腾了我几天几夜。

一业兴百业旺，开发区红红火火办起来了。村民的腰包慢慢鼓起来，集体承包费、服务费等收入也逐年增加。困扰村委多年的 40 多万元村集体贷款，三年时间便还清了。当然，这包括我用一碗白酒换来省下的 5 万块手续费。

我的第二把火，是刹住村集体公款招待。当时吃喝风盛行，县里镇上工作人员到基层出发，转来转去，临到午饭时，都会来到我们村吃饭。一者我们村经济开发区饭店多，条件好，二者当时的村领导"热情好客"。但村民却是满肚子意见！看看老百姓辛辛苦苦的劳作，"一饭一粟当思来之不易，半丝半缕恒念物力维艰"，何况这些人大吃大喝！我在村委办公室正中，贴上一张纸条：党委政府工作人员，凡是 10 点前来的，生活费每人 5 元；凡是 10 点后来的，一律不予招待。我的权力是村民给的，我要替他们当家过日子！一张纸条，清除了影响恶劣的歪风邪气。但贴这张纸条，还是需要勇气的!

我自己给自己定下的规矩是:不喝群众一杯水、一杯酒。只有每年大年正月初一到初三,我给群众拜年的时候例外。在我们工作区工作的宋学军书记,经常说:"你吃刘书收自己的,吃什么他都不心疼;你吃集体的,比割他肉还疼。"因为拒绝收礼,我也得罪了一些人:一位本家亲戚是船员,从香港专门给我带来外国香烟;一位村民去洛阳旅游,为我带来当地工艺品唐三彩……这些都被我无情地拒绝。在礼尚往来的社会,我的做法看起来好像不近人情,但我坚持"君子爱财,取之有道";清清白白做人,干干净净当官,是我的人生道德底线。

2005年,我们村里两条中心大街拓宽硬化。那时村里的道路,晴天是鸡狗鹅鸭粪便,垃圾遍布;雨天则污水横流,步步泥泞。大街拓宽硬化是民心所向。可是在拆迁过程中,却有许多预想不到的困难。其中有四户村民因为争宅基地,互不相让,新老干部都做不下工作。我先从本家兄弟刘书生做起,动之以情,晓之以理。刘书生拆迁安置后,其他三户的工作很快迎刃而解。路面硬化时,为节省资金,我们村委成员全部上阵,义务劳动。这样既省工省钱,又能现场监督,保质保量。

村中心大街拓宽硬化胜利竣工的那天,正是我们村百岁老人李凤英的生日。我们把老人请到新建大街上,给她穿上大红裤子,买上生日蛋糕,又给她600元红包。同时组织村民开会,倡导全社会尊老敬老。良辰吉日,中心大街胜利竣工，宽敞整洁；百岁老人喜气洋洋过生日；全体村民接受教育——别具一格的庆典活动，至今让我难以忘怀。

2005年秋天，我们又通过多方努力，在村里开办集贸市场。"大王刘庄逢三、八赶集"，小商小贩，生意红红火火；村民赶集上店，人来人往。村里常年蜗居在家的老人，带着小板凳边逛街边观景；常年卧床的病人，甚至拄拐来集市买自己需要的东西。集市不大，但从2005年开始，连续三年，全省农村集贸市场规范管理现场会，在这里召开。

村集体经济富裕了，我们给村里考上大学的孩子发放奖学金，敲锣打鼓亲自送到学生家中。我们连续三年，每逢春节都给村民分钱，这在全县都是屈指可数的。

人家都说，我们村人心好、村风正，是刘书收大喇叭吆喝出来的。我们村中心有几个大喇叭，虽然有些破旧，却声音洪亮，在教化民心方面，确实功不可没。寒冬腊月，我便吆喝：谁家给老人买了煤球，谁家给父母送了炭块；临近仲秋，我便吆喝：给家里父母老人送月饼了吗？"老猫屋上睡，上辈留下辈"，父母的今天，就是你的明天……身边的事教育身边的人，这些土法子在农村很管用！但是，作为基层干部，最管用的，我想，还是多为群众排忧解难，把事情做到群众心坎上。

我现在还保存着2008年11月6日的《临沂日报》。第四版整版长篇报道《奔向大海——临沂东西疏港大通道建设纪实》中写道："莒南县板泉镇大王刘庄村党支部书记刘书收在这次修路中，自己的住房和加油站都需要拆迁，直接损失达 30 余万元。正是他带头率先拆迁，使得该村面积达 7973 平方米的拆迁任务顺利完成。"

岚济路临沂至日照段，作为全省干线网的重要组成部分，是连接鲁南地区与新亚欧大陆桥东桥头堡的重要通道，也是临沂市最便捷的疏港大通道，有非常重要的战略和经济意义。2007 年岚济公路拓宽，因为道路从我们村中通过，全村 220 户，就有 80 户需要拆迁。大是大非面前，村民义无反顾，顺利完成拆迁。

岚济路上，沭河大桥就在我们村边。过去，沭河上面多建有"漫水桥"：用石块搭起简易的水坝，枯水季节，人可以从坝上过往；一旦夏季水位上涨，漫过坝面，人要在坝上蹚水而过，故称"漫水桥"。而今，宏伟壮丽的沭河大桥、新沭河大桥随处可见，更有莒县沭河的莒安大桥，以中国最长的廊桥，创"世界吉尼斯之最"称号。

这些宏伟壮丽的大桥是政绩；但在全社会形成勤劳工作，乐善好施，互爱互助，回报社会的良好风气，无疑更是群众的"连心桥"，更是乡村振兴中最重要的民心工程！

吃水不忘打井人

薛久海

我叫薛久海，今年 68 岁，中学教师，2015 年退休。我生在红旗下长在红旗下，退休后在 2016 年春，即加入了莒南县尊老爱老爱心公益协会，做了一名光荣的志愿者。吃水不忘挖井人，我以做公益慈善来感谢党恩，回报社会。

几年来，我跟随刘会长参加了看望新中国成立前老党员、伤残军人、退伍老兵、孤困儿童、百岁老人以及纪念伟人和革命先烈等活动近百次。每次活动，刘会长都根据季节提前备好了各种各样的慰问品（棉被、季节服装、食品及学习用品等）。每年在伟大领袖毛主席的诞辰日，都风雨无阻地准时到厉家寨毛泽东纪念广场举行纪念活动。每次看望百岁老人、老党员、伤残军人及孤困儿童时，那动人的画面，期待的眼神，时时刻刻浮现在我的眼前，久久难以忘怀。

2021 年"五一"节，我随刘会长参加了刘少奇等老前辈在沂蒙工作的先进事迹活动展览。2022 年 5 月 29 日，参加了刘会长组织的临沂市慈善总会莒南县尊老爱老爱心公益协会板泉镇孤困儿童庆"六一"活动，有县、镇领导参加。他分别向小朋友们捐赠了学习用品及节日礼物，志愿者与小朋友进行了热情的互动。刘会长特邀请中央电视台星光大道著名歌手尧迪为小朋友们演唱，精彩的演唱掀开了节日气氛的高潮。又带领30多名小朋友到板泉"蓝湾服饰广场"量身选衣，让小朋友们选各自喜欢的款式颜色。还安排了采摘园摘杏、一起包水饺活动，内容丰富多彩。为了小朋友们的身体健康，还特邀陈玲大夫为小朋友们查体（天气热防暑）。志愿者、领导及小朋友50多人参加了庆祝活动，小朋友们高兴得蹦呀跳呀唱呀吃呀……欢聚一堂。各级领导热情地和孩子们互动，鼓励他们好好学习天天向上，做一个文明感恩的好孩子。这次有意义的活动，让孩子们感受到了社会大家庭的温暖，给孩子们幼小的心灵留下了终生难忘的记忆。2022年7月1日，我随刘会长参加临沂市"平凡之光"寻找平民榜样，致敬奋斗担当颁奖典礼，在欢乐的乐曲声中一批批先进工作者登上领奖台，刘会长代表莒南县先进工作者双手接过市领导颁发的荣誉证书，聚光镜头留下了永久的记忆。

　　我作为一名志愿者，做了一些爱国敬业及献爱心宣传的事情，得到了社会及广大民众的支持和鼓励。我感到退休不退志，夕阳更美丽。我坚信，只要不忘初心，牢记使命，我们的尊老爱老爱心公益协会一定会健康茁壮成长！

我用农用货车拉轮椅

刘景国

我叫刘景国，是在农村长大的孩子，没出过远门。从小父亲母亲教育我，要学法、懂法、守法，做一个听话的孩子，让父母亲放心的孩子。

我受教育不多，也就是初中生水平；但淳朴的村风民风，使我学会了孝老、敬老的优良传统。我们刘氏家族里的长辈们和几位长兄，成立了临沂最美夕阳红慈善协会，我是一名学习者，也是一名积极参与者。在这十几年里，我们由每年的几次活动增加到十几次到二三十次，我都一一参加。每年清明节到烈士陵园，为那些战斗中牺牲的烈士送花篮、端午节到敬老院看孤寡老人、七一建党节看新中国成立前老党员、八一建军节看抗战老兵、九九重阳节之前看望百岁老人、传统节日走访看望那些贫困老人和残疾老人。

参加这些慈善活动，我作为一个农村老百姓，尽我的能力，我做得高兴快乐。但有一次，我用自己的农用货车拉轮椅，却让我非常伤心。

那是 2019 年九九重阳节之前的一天，我开着一辆农用货车，到临沂市慈善总会仓库拉残疾人用的轮椅。回家时，天已经很晚了。大约10点，忽然一群交警车队，后追前堵，把我的车堵在了一个小巷子里，把车查扣了。原来我们农用货车不能进市里。会长刘书收介绍情况，并反复请求，他们就是不放行，还叫来拖车要把查扣的车辆拖走。我的驾驶证、行驶证全部被查扣了。我们说明白了情况，拿出民政局登记注册的慈善手续，包括市领导发的慈善荣誉证书，市慈善总会发的尊老爱老协会的荣誉证书，拿出市慈善总会拉轮椅的通知书……各种证明，还有刘会长的苦苦求情，那些交警就是不为所动。

最后，围观的几十名热心群众一块为我们求情，证明我们确实不是有意违法、违规。在将近两个小时的争论中，最后我们承认了错误，并保证今后货车不再进入市区，交警才放了我们。

我们回到家，已经是深夜了。我虽然肚子饿得难受，但却一点食欲都没有，只想流泪。伤心难过后，第二天早上，我又洗把脸，继续开着我的农用货车，给那些残疾人送轮椅。

海外游子情系家乡

吴佩钊

我是一位美国籍中国人。我爱好运动，每天都骑着自行车外出；特别是在国内，游览祖国的大好河山，感受家乡的巨大变化，是我最喜欢的事情。同时，我对社会上的好人好事也非常关注。

2013 年我回山东临沭老家探亲，曾记得是当年的 9 月 6 日。一位老友邀请我参加"最美夕阳红慈善协会"成立庆典仪式，我抱着试试看的心态前去。仪式上，刘书收会长讲："我们是自家爷们自筹 19 万元，作为协会的启动资金。"我被他真挚的爱心所感动，从此成了一位外籍志愿者。

协会成立之初，他们逢年过节每年两次看望本村 60 岁以上的老人和困难户、全镇的百岁老人，以及社会上的贫困儿童；后来扩展到看望全临沂市的百岁老人。我感到刘会长真正做到尊老爱老，大爱无边，组织团队专为社会干好事，和他这样的人在一起我非常荣幸，我希望尊老爱老爱心的队伍越来越大，为社会做更多的贡献。

我参加志愿者活动 6 年来，有几次活动回忆起来，在我心里是永远忘不了的事。我想着那是 2014 年的中秋节，刘书收会长买来月饼、点心和礼品盒酒，对本村里的父老乡亲每家每户发放，全村老老少少的兄弟爷们儿都有。我在现场看到全村的男女老少，手里提着刘会长他们发的东西，那个高兴劲，比过年还热闹。我想我是一名美籍华人，经济条件比刘会长他们要好得多，但却没做到他们这样的慈善爱心，我的心里也是七上八下，感觉很惭愧呀。

还有一次，协会全体志愿者们集合在刘书收会长家里开会，中午刘会长做好了饭招待我们。我们都是志愿者，他为什么招待我们？大家议论纷纷，说："刘会长自己招待志愿者，这是经常的事情。"刘会长是这样说的："吃不穷喝不穷，打算不到就受穷。"会长举了几个例子："人不要自己哭穷，你自己认为自己穷，你就没有上进心。在这样好的社会大环境下，你不发家致富，是你自己放弃了信心和能力，那就得穷，你自己这样安排的自己。"大家又畅所欲言，谈人生、理想、家庭，会议气氛十分热烈。

中华民族是世界上最优秀的民族；中国人最勤劳最善良。我作为一名海外游子，我在公益协会里学到了很多，以后有时间只要回国，我就要积极参加我们协会的慈善活动，做一名合格的中国志愿者。

没离开过家门的农村妇女

许兰荣

我是一个从锅台前到锅后的农村妇女，偶尔一次，到了中国的南天边，也是我这六十年来没想到的事。我叫许兰荣，临沂市河东区汤河镇大坊屋村，在亲戚朋友的介绍下，听到一个没想到的事，农村妇女带着身份证就能坐上飞机还不要钱，一句话成了笑话也成了事实，不但坐飞机不用花钱，包括吃饭、住宿、下了飞机再坐汽车，还有到处看景都不要钱，这是天大的笑话，我真的遇上好人了。

2020年12月6日，我在临沂飞机场乘坐飞机直接到了云南西双版纳，这一去就是八天，就像说笑话一样，这八天的旅行是我这六十年来从来没想过的事，没想到变成现实了。到了西双版纳，就好像到了人间仙境，青山绿水、人间天堂，到了山顶云端，就像传说的神仙一样，在云里雾里穿行，我好像成了一位仙女在云里散花一样，在山顶朝下一望，云雾就像一片海洋，这是我六十年来首次出门看到的难忘的情景。这八天的行程让我永远记在心里，不是我图吃图喝，是我一个农村妇女过上了从来没尝试过的生活，各种食品变着花样在桌面上出现，各种各样的水果是我这六十年从来没尝过的。

我是一个农村妇女，在家里就是喂猪做饭，没出过门，到了西双版纳看到了不一样的风景和民族风情，眼花缭乱，就像看大戏一样，非常好看，长了见识。

长话短说，这是我六十年来第一次出门旅游。我要感谢莒南县尊老爱老爱心公益协会会长刘书收和协会的志愿者们全免费带我们去看云南的风景，更希望能多有这样的好事……

留下公益慈善的感动瞬间

高忠熙

我是临沭县教育局退休职工，也是一位摄影爱好者。

近几年来，我多次和莒南县尊老爱老爱心公益协会的成员一起参加活动。通过这几年的活动，我了解到刘会长是个大好人，忠孝双全，大爱无边。村里的老人常常说起：他家从爷爷那代就是远近闻名的大好人，刘书收继承了老一辈的光荣传统。我被刘会长所做的一切感动了，从此就加入了爱心协会，成为爱心公益协会的一员。

在这期间，我参加了协会很多活动，每年多次看望全县的百岁老人、敬老院老人、抗战老英雄、残疾儿童、社会困难户，后来又扩展到看望临港经济开发区的百岁老人、抗战老英雄和临沂市三区九县的百岁老人、社会困难户、孤寡儿童还有敬老院的老人。作为一名志愿者，我感到非常光彩，我用我的一技之长，把协会参加活动所拍摄的视频和照片发布到网上，让社会更多人多参加这样的活动，为社会多献一份爱心。

这十年的慈善爱心路上，最让我难以忘记的是：2019年九九重阳节到来之前，刘会长组织协会志愿者走访临沂市7区9县的百名百岁老人，可以说在临沂市第一次有这么大的慈善爱心活动。2019年是中华人民共和国成立70周年，刘书收会长联系了临沂报业集团的记者，在临沂报业集团记者任振国的支持帮忙下又联系了临沂市慈善总会、市卫生健康局、鲁南商报社、沂蒙革命纪念馆、山东沂蒙文化研究会等单位，联合举办大型慈善走访活动。活动在临沂沂蒙革命纪念馆举行，有100名记者，有100辆走访车辆一对一在全市走访百岁老人；还有几百辆自家车带着尊老爱老爱心公益协会买的生活用品，志愿者五六百人入户看望了百岁老人。我们临沭的志愿者走访了临沭县青云镇的10名百岁老人。这一次声势浩大的活动，让我一生都难忘。

有时候我想：刘书收会长在这十年间，走访慰问了几千名贫困老人、百岁老人、残疾老人、抗战老兵、新中国成立前老党员和孤困儿童，他得操多少心想这些事，光把这些人的家庭情况熟悉下来就很不容易了。我只是跟随着拍摄一下照片，都感觉一天下来很累很累的。感谢刘会长这些年来给我提供我力所能及做好事的机会。

传承优良传统，做敬老爱老模范

刘景文

我叫刘景文，1971年3月出生，是莒南县板泉镇大王刘庄村村民，目前是莒南县尊老爱老慈善协会成员、协会党支部委员。

我们这个协会的成立，得益于我们整个家族优良的尊敬老人、孝敬老人的优良传统。我们家族在村里是个大家族，自打我有记忆开始，我就记得家中爷爷和奶奶、父母时常教育我们要孝敬父母、尊敬老人，家族中各方面关系团结和睦，彼此相敬如宾，我们的父辈伺候长者的例子比比皆是，传为佳话，也成为我们这一代学习的楷模，所以说，当我们家族长者和兄弟于2013年9月份倡导成立临沂最美夕阳红慈善总会（初用名，后于2018年10月经莒南县民政局登记注册，改为莒南县尊老爱老慈善协会）的时候，我就积极报名加入了这个温暖的大家庭。

我们这个协会是一个无私奉献的组织，组织成立之初就以"无私奉献、无怨无悔、不求回报、不图名利"为初衷，10年来，已组织了几百场敬老爱老活动，受助老人、老党员、老战士和失学儿童、困难群众多达几千人。作为协会主要成员和志愿者，我参加了以上活动，从搬运慰问礼品，逐家走访到驱车很远参加各种活动，我都积极参加，目的就是弘扬孝敬老人的传统，以身作则，做敬老爱老的代表。

　　十多年来，虽然为了参加以上活动，本人又出钱又出力，并且耽误了很多次打工赚钱的机会，但我从不后悔，因为，当看到很多贫困的老人因受到了我们的帮助而欣喜高兴时，我内心就充满了无限的幸福，就感觉像孝敬了自己的父母一样，感到无比的欣慰！帮助别人就等于帮助自己，我会在敬老爱老的道路上一直走下去，为增强社会正能量做出应有的贡献！

第六章　助力乡村慈善

众人拾柴助燃乡村慈善

刘书收 口述　卢言学 整理

《史记·汉书》载：汉高祖刘邦建立西汉王朝后，与群臣谈论赢得"楚汉相争，统一天下"之因："夫运筹帷幄之中，决胜千里之外，吾不如子房；镇国家，抚百姓，给饷馈而不绝于粮道，吾不如萧何；连百万之众，战必胜，攻必克，吾不如韩信。三者皆人杰，吾能用之，此吾所以取天下者也。"

——题记

　　高祖刘邦是中国历史上杰出的政治家、战略家，汉朝的开国皇帝。什么是团队精神？为人豁达，虚怀若谷，知人善任，凝聚人心——我以为，我们的高祖刘邦就是团队建设的光辉典范。高祖遗训为我们刘氏子孙顶礼膜拜并津津乐道。
　　说起尊老爱老爱心公益协会，最早支持我们的团队，是临沭县的一支抖空竹的队伍。这里有一个巧遇：2012年春天，我在临沭县体育广场，被一位抖空竹的老人吸引。这位老人身体矫健，时而上下翻飞，时而左右旋转，花样繁多，看得我眼花缭乱。在他休息间隙，我与他攀谈，得知他是临沭"空竹达人"吴侠青；同时了解到，抖空竹是我国传统体育项目，集健身、娱乐、表演为一体，是国家非物质文化遗产。之后，老人又表演了回头望月、滚地惊雷、鲤鱼跳龙门等绝技，惊心动魄，引人入胜。自此，我便拜吴侠青老人为师，学习"抖空竹"，我们俩的感情也日深一日。

吴侠青本是一个普通的庄户老头，当时在县土产公司看大门。但他善于学习，又心灵手巧，除了抖空竹，他"打花棍"也非常漂亮。他同时痴迷摄影录像，自费购买高清摄像机，摄制视频《四季花开》《老家的地瓜》，纪录片《郭家山的变迁》等。其貌不扬却粉丝众多，光抖空竹队伍就有几十人。2013年我们成立"临沂市最美夕阳红慈善协会"时，他带领吴绍福、王文杰、付秀金、李建英、明立国、高忠熙、吴佩钊等，出席我们的成立庆典，并现场表演抖空竹、摄影摄像。

这支抖空竹队伍，就成了我们公益慈善协会的志愿者，十几年如一日，直到今天。付秀金在他《一声"老妈妈"，道出了对老人们深情而炽热的爱》中写道："我们手里提着米面等礼品，满脸都是笑容，走进百岁老人那低矮的小屋里，进门便坐在老人的床边，张口就喊'老妈妈''老人家'，拉家常，嘘寒问暖。"王文杰说："你最美，红马甲，红帽子，脸上带着真诚的微笑；哪里有困难，哪里就有你们。你们有一个共同的名字——莒南尊老爱老爱心公益协会！"

为了"莒南县尊老爱老爱心公益协会"这个共同的名字，大家都甘心付出，默默奉献。

协会副会长、莒南县交通运输局职工时李霞说："我们秉承'脚下有土，心中有光，一份爱心，一份温暖，传递四方'的理念，忠实践行'奉献，友爱，互助，进步'的志愿精神。"她本职工作认真努力，业余时间几乎全部投入公益事业。

这是协会副会长杜西娟自己记录下的她当时参加协会活动的情形：

在九九重阳节的前几天，我接到爱心李大姐的电话，去参加看望全县百岁老人的活动。第一次参加这样的活动，我心里很激动。重阳节那天8点集合，我早早就到了活动地点——五洲广场。从这次活动中，我看到了志愿者火一样的热情，我也要加入他们的大家庭。几经周折，找到尊老爱老爱心公益协会会长办公室，见到刘会长，说出我的意愿。刘会长说："有加入志愿者的想法是好的，我们志愿者是义务工作，没有工资，吃饭、油钱都是自费的。只有付出，没有回报，你确定要加入吗？""我都找到你办公室了，就是想要加入你们的大家庭。"一句郑重承诺，我这个普通的农村妇女，在公益志愿者的路上，无怨无悔一干就是几年！

我们这个团队里，有我的老朋友、老同事。王成国，临朐人，曾在板泉部队任营级军官。我们相处20多年了，他转业到县公路局后即加入协会大家庭。作为一名军人，素质高，工作有思路有章法，凡是协会活动，他都自己开车参加。有他参加的活动，往往气氛活跃，团队和谐。

王金波，板泉大白常人，也是退伍军人。在我任村党支部书记时，他在我村任会计。在我做慈善公益后，他又一直跟从。没有一点私心杂念，为人时间观念又极强，每次活动总是提前半小时到达，最早进入工作状态。

百合家政服务公司经理王树粉，她带领自己五六十人的团队，整体加入我们的"尊老爱老爱心公益协会"。他们公司以培训月嫂和养老护理人员为主业，全县各乡镇都有分公司。她说：我们的工作主要是为大众服务，与志愿者精神一致。学为人师，行为世范，志愿者是为大众服务的榜样，使人们看到社会上还有好人存在。刘树粉还是协会文艺活动的组织与指挥者，"三八"节、"九九"老人节等，无论是传统秧歌，还是现代舞蹈，总能让我们的活动有声有色。

孙李伟，莒南本心月嫂培训学校校长。他和学员们制作的"鲁乡嫂花馍"，几乎每次活动都是我们的礼品，五彩缤纷，既实惠又喜庆。几年来，孙李伟校长光捐助花馍就达2万多元。

我们的财务部长唐德霞，严格财务制度，日清月结；每次民政局社会组织年报，她都提前出色完成。

我们的宣传部部长李霞，河东区汤河人，充分发挥自己文笔流畅的特长，对协会工作实时报道，扩大社会影响，努力为营造乡村慈善社会氛围贡献自己一分力量。

薛久海和李恩美夫妇，都是板泉中学退休教师。李恩美的父亲李春起和我的二大爷刘玉贵，是一对新四军老战友，枪林弹雨中，这对老乡战友结下生死之交。因此，我和李老师几十年都是姐弟相称。前几天，他们夫妇刚从东北探亲回来，就跑到我家，为"九九公益"每人捐款 800 元。

李恩美在她的《扶危济困，孤儿不孤》一文中写道：我2012 年退休，2013 年便加入公益团队。2013 年在一次救助孤困儿童的过程中，我见到了徐阳。这个孩子从小没有母亲，父亲又身患残疾，没有劳动能力。孩子又瘦又小，怯怯地在角落不敢看人，可怜巴巴地让人心生怜悯。于是我对接了这个孩子，像对自己的孩子一样关心照顾。由于家庭不幸，这个孩子有严重的心理问题，从不与小朋友们交往，也不敢去热闹的公共场所，于是我从打开孩子的心结着手。徐阳家境贫寒，家徒四壁，连一张像样的书桌都没有。在刘会长的关心关怀下，我们给她家重新装修，铺好地板砖，安装天花板，建立起家庭小书屋，添置了书橱，衣柜，床铺，一应新铺新盖、新衣服等，各种生活用品及学习用品应有尽有。原本破烂不堪的家庭焕然一新，小徐阳脸上的笑容也渐渐地多了起来……徐阳在《真挚的爱让我永远感恩》中说："十多年来，在李奶奶和老伴薛爷爷的关怀培育下，我顺利地进入初中，又考入高中。每次入校前，都是李奶奶给我备齐各种学习用品和生活用品，给我生活费。初中和高中的军训生活，都是李奶奶陪着我忍受夏日的高温。李奶奶和薛爷爷还带我自驾游，让我增长见识……"

滴水汇聚海洋，爱心凝聚力量。正是这些普普通通的志愿者，铺就我们"尊老爱老爱心公益协会"的十年辉煌路。

我们每年的 12 月 26 日毛泽东诞辰日，都到临港厉家寨毛主席广场敬献花篮，并慰问厉家寨村老党员、老干部。厉家寨主席广场位于大山、见龙峰、关山、气脉山环抱之中，文龙河、金龙河映带左右，俯瞰清华湖，与文龙河城市湿地公园遥相呼应。主席铜像由毛新宇授权，著名雕塑家田跃民设计塑造。背景墙正面的花岗岩上镌刻着毛主席的批示："愚公移山，改造中国，厉家寨是一个好例"。

从 20 世纪 50 年代开始，莒南县坪上镇厉家寨村人民为了解决温饱问题，在瘠薄的山岭地上，通过叠地、深翻地和二合一、三合一梯田改造等土地整理办法，创造了农业发展的奇迹。1957 年 10 月 9 日，毛泽东主席在《山东省莒南县厉家寨大山农业社千方百计争取丰收再丰收》的报告上，做了亲笔批示。厉家寨成为五六十年代全国整山治水的典范。

厉家寨主席广场边上，有个村子叫徐家寨。我们"尊老爱老爱心公益协会"副会长、临港片区负责人徐田东，就住在这个村子里。他是地道的农民，一个打工仔，收入很少，却爱心无限。每次捐款都非常大方；协会活动，他没有汽车，总是骑着两轮电动车参加，却从来没有落下过。他经常说："厉家寨人怎么发家致富的？还不是托了毛主席批示的福？"

给主席敬献花篮后，我每次都按照我们老百姓的习惯，打开茅台酒敬上三杯；主席喜欢抽烟，我总是把最好的香烟献上……还一边念叨："主席在天之灵，保佑这方百姓无灾无难，保佑祖国昌盛繁荣。"

作为一名党员，我深知：乡村振兴的路，任重而道远！

百合家政集体加入志愿大家庭

王树粉

我是莒南温水泉村人，是一名家庭主妇，1976 年出生。我自己开了一家百合家政服务公司，各乡镇都有分店。

前些年在网上经常看见莒南有一个慈善公益组织，因为我这个行业是培训月嫂和养老护理的，养老护理也是为老人服务的，我想加入这个公益组织，但是联系不上他们。前几年九九重阳节在莒南文化广场，看见他们弄了一大车食品在开会，正好我们百合家政有个跳舞队，就和下边的志愿者联系上了，找到莒南县尊老爱老爱心公益协会党支部书记、会长刘书收，我要求加入这个志愿者大家庭，我想着让我们百合家政诚心跟着协会的志愿者一起做慈善、做志愿者。从此，百合家政的姐妹们一起成了公益慈善志愿者。

做志愿者是积善行德，因为爱心协会是为大家服务，而不是为了自己私利。学为人师，行为世范，志愿者是为大众服务的好榜样，使我们看到社会上有好人都在参加，这就是我们做志愿者的初衷。要求别人做到的首先我们必须自己先做到，做志愿者不仅可以培养良好的道德情操，还可以感染他人，使志愿者们得到平安，吉祥福报。志愿者走过的地方，就会变成一片宁静，凡是志愿者走过的地方就会是一片红色的海洋！

我们百合家政加入志愿者是我们大家的福气！是我们的荣幸！能锻炼人，培养人。做一个对社会有用的人，去推动社会的进步。我在参加慈善志愿者活动这几年来，印象最深的是 2022 年七一建党节，我们一起去了涝坡社区，来到卞家涝坡村新中国成立前老党员王加秀家里。她老人家给我们参加走访活动的志愿者讲了当年入党的情景，她说她 16 岁就入党了，那是 1946 年战争年代，她带领妇女做军鞋、烙煎饼、送军粮。她们不像是女孩子，和男人们一样把军粮往前线送，那个时候思想单一，就想着党员就不能怕死不能怕累。听到这些故事，我在想，我们生长在这个幸福安康的社会里，一定要好好珍惜人生，学会感恩，多做有益于社会的事情。

如今，我们百合家政的姐妹们，积极活跃在全县公益慈善的各种活动中。我们积极募捐，走访慰问，表演节目，参加宣传，成了莒南县尊老爱老爱心公益协会的一道靓丽风景。

花馍飘香献爱心

孙李伟

我叫孙李伟，小时候是一名能蹦能跳活泼可爱的假小子。我生在红旗下，长在红旗下，我小的时候就是一朵可爱的小花，可以说是在幸福快乐的生活中长大的。上学期间听老师讲故事，说我们的幸福生活来之不易，是老一辈革命先烈用他们的生命给我们创造了今天的幸福生活；在家里也经常听到爷爷奶奶、姥爷姥姥讲他们小的时候，连饭都吃不上。听了老师和家里老人讲的过去的故事，我的心里就暗下决心，等我长大后一定要好好地孝顺老人，为那些打天下创造幸福的人多做点好事。

我现在成立了莒南县本心职业培训学校，培养社会闲散劳动力创业，我任校长。前些年在网上看见，莒南县尊老爱老爱心公益协会刘书收、刘书利、刘书习等人，经常带领志愿者在全市、全县走访看望抗战老兵、新中国成立前的老党员和百岁老人，我在想我小时候就有这个想法，我要加入志愿者这个队伍。经朋友介绍找到了协会刘书收会长，我把我心里的话告诉刘会长，他非常高兴地答应我加入了志愿者团队。这些年来我又发动本心职业培训学校的志愿者，成立了鲁乡嫂花馍有限公司，用精制面粉、牛奶、营养粉和各种蔬菜粉，制作各种各样风味独特、五颜六色的营养花馍馍。每次走访百岁老人、抗战老兵、新中国成立前的老党员时，我都带着我用心制作的精制营养花馍馍看望这些老人。

记得我第一次带着我们志愿者做的鲁乡嫂花馍馍，到板泉镇走访新中国成立前老党员。在协会会长们的带领下，我们入户看望，他们的年龄都是我的爷爷奶奶份上了，我深情地叫声："爷爷好，奶奶好，我们今天来看您老人家，我给你们带来了美好的祝福，让你们老人家开心快乐！"我小心翼翼地把那些五颜六色的花馍馍送到老人手里、老人家手里拿着花馍馍左看右看说真好看。我又叫奶奶吃了一口，我问奶奶好吃吗？奶奶说很柔软，很香，很好吃。奶奶说到这里时，我的心里很高兴，虽然说超市里什么样的点心、面包都有，但这是我们志愿者用手工亲自制作的，要比那些常规的各种食品好吃得多，关键是老爷爷奶奶们心里高兴。从那以后，我就经常带着鲁乡嫂花馍馍看望那些抗战老兵、新中国成立前老党员和百岁老人，让他们永远开心快乐幸福。

退伍军人的慈善情怀

王成国

我叫王成国，是一名转业退伍军人。十几年来，我始终保持军人本色，牢记"为人民服务"宗旨，积极参与社会慈善公益活动。

几年前，我在一次偶然的朋友聚会上，见到了多年未见的老朋友刘书收。老朋友相见，分外亲切。在交流中，我得知现在的刘书收老书记，已经成立了一个尊老爱老爱心公益协会并担任会长。协会成立以来，他们坚持走访全县的百岁老人、抗战老兵、新中国成立前老党员、贫困老人及孤困儿童。我听了刘会长的讲述后，深受启发，非常感动，当即报名参加了这个尊老爱老爱心公益协会志愿者，并在协会中担任副会长。

几年来，我们协会在各级党委的正确领导下，自筹钱物，自出资金，不计报酬，坚持每年不间断地走访慰问活动。清明节走访革命烈士家人，到烈士陵园为牺牲的英雄送鲜花；"六一"走访慰问帮扶孤困儿童，"七一"走访慰问新中国成立前老党员，"八一"走访抗战老兵，"九九"重阳节走访百岁老人，国庆节、中秋节走访看望贫困老人。每年十二月二十六日，是伟大领袖毛主席诞辰纪念日，到厉家寨毛主席纪念广场，献鲜花送花篮，敬美酒。

这些年来，我印象最深的是 2021 年 12 月 26 日这天，刘书收会长去临沂市慈善总会开会，由我带队到厉家寨毛主席纪念广场，搞一场隆重的纪念活动，同时走访新中国成立前老党员。天有不测风云，那天北风越刮越大，又下起小雪花，当时我们带来的鲜花和花篮都被风给刮跑了，天又凉，组织的志愿者舞蹈队，为尊敬我们的伟大领袖毛主席，在那样的寒冷的天里，不怕大风天气，精心表演节目。

总之，几年来我在刘会长的感召带动下，利用节假日、星期天积极参加各项慈善工作，做好志愿服务活动，做一名合格的志愿者，为实现伟大的中国梦贡献自己的力量。

亿缕阳光为爱圆梦

杜西娟

我叫杜西娟，是莒南县尊老爱老爱心公益协会的志愿者。爱心奉献、不求回报、讲究付出，从中收获快乐，这是我们每一个志愿者共同的理想和心愿。

在九九重阳节的前几天，我接到爱心李大姐的电话，去参加看望全县百岁老人，我第一次参加这样的大型活动，很激动。重阳节的那天，8点集合，我早早就到了活动地点——五洲广场，没想到活动组织者们来得更早，一大车的慰问物品就早早地送到活动现场。看着他们卸慰问品，我赶紧参与进去，看着这些慰问品，才知道全县140名百岁老人，志愿者们分成16个组走访16个乡镇，与县、镇领导，把这些物资送到每一位百岁老人家中。我第一次看望百岁老人，百岁老母亲老父亲看到慰问品，感激地说，国家政策好，共产党好，你们都来我家看我，我心里高兴，老人们都非常感激。我第一次参加志愿者活动，看到他们不像别人说的那样，表里不一做面子工程。这次看到志愿者是用真心实意的事实在献爱心，他们的言语里没有虚假和作秀，平实的谈吐中是真挚的感情。

从这次活动中，我看到志愿者火一样的热情，我也要加入他们的大家庭。几经周转，经他们的介绍，我与莒南县尊老爱老爱心公益协会秘书长刘景阳见面，通过刘景阳又见到刘书收会长。说出我的意愿，刘会长说："有加入志愿者的想法是好的，我们志愿者是义务工作，没有工资，吃饭、车加油都是自费的。只有付出，不求回报，你确定要加入吗？""我都找到你们办公室来了，就是想加入你们志愿者大家庭。"我说。

时间匆匆流逝，转眼间加入尊老爱老爱心公益协会几年了，每参加一次活动都有不一样的收获和感悟。我最有印象的一次活动，那就是 2020 年的春节前，新冠疫情很严重，老少兄弟爷们儿不敢出门，协会为响应党的号召，要求协会志愿者必须冲在前，跑在前，我们是志愿者，就要有志气有担当，有不怕苦不怕累的决心。在当时疫情防控严重时开了志愿者骨干会，大家进行捐款，有捐 100 的、200 的、300 的；会长说我是党员，我要捐到党委组织办，他捐款 5000 元。我们都发挥自己的力量，共同捐款 10000 多元，购买了各种食品一大车，慰问抗疫一线的医护人员和工作人员。这次的行动带着被感染的风险，志愿者们却绝不后退一步，勇往直前。通过这次活动，我对协会今后的工作更有信心了。

我愿做一缕阳光，感召亿缕阳光，为爱圆梦，为社会增砖添瓦。"老来受尊敬，是人类精神最美的一种特权"，老人是这个社会的财富，正因为有他们，我们的社会才能发展与进步。尊重老人，关爱老人，是我们志愿者的责任，更是整个社会应尽的义务。

一次尴尬的现场录像

吴绍福

我是临沭县退休职工吴绍福，也是一位摄影爱好者。平时感觉自己的摄影水平不错，录像技术也还可以。没想到，在"临沂最美夕阳红协会"成立庆典的那次录像，实在太尴尬。现在想来，还感觉又后悔又哭笑不得。

2013年9月6日，我和同事去参加"临沂最美夕阳红"协会成立庆典，并自告奋勇负责庆典活动录像。那时我刚买了一台大型摄像机，很想现场表现表现；其实我当时还真的不太会使用。协会成立仪式隆重庄严，我一紧张，摄像机的机盖竟然忘了取下来。就这样支上架子开始工作了，庆典活动结束，我一看摄像机，当时就愣了，整个的活动过程一点没有录下来。幸好还有一个照相机在场拍照和录视频。回家后我多少天都吃不下饭，我想：这样的协会成立活动被我耽误了大事。从那以后只要有走访活动，我都提前准备好照相机和录像机，先检查使用情况，不能再和上次那样耽误了事。

虽然录像没录好，但我却另有收获。那次协会成立庆典，我们听了刘会长的报告深受感动，从此就加入了爱心协会，成为一名慈善志愿者。在这期间我参加了协会很多活动，每年多次看望全县的百岁老人、敬老院、抗战老英雄、残疾儿童、社会困难户等。

前些年协会办公室就在刘会长自己家的二楼。每年腊月二十三过小年，刘会长都是给村里的六十岁以上的老人发酒，让老人们过年都能喝上一杯，让他们开开心心快快乐乐过年。我看到老人去领酒时那种开心和快乐，我一一拍照保存。在走访活动过程中，我看到刘会长对百岁老人的看望比对自己的父母还用心，后来又扩展到看望临沂市三区九县的百岁老人，得到了各级领导的信任和社会各界人士的支持和认可，作为一个志愿者我也感到非常光彩。我把协会参加活动所拍摄的视频和照片发布到网上，让社会更多人参与到这样的活动中，为社会多献一份爱的力量。

感恩有你

——致莒南县尊老爱老爱心公益协会的志愿者

王文杰

你最美，红马甲、红帽子，脸上带着真诚的微笑。有人说，你最帅，哪里有困难，哪里就有你们。你们有着共同的名字——莒南县尊老爱老爱心公益协会的志愿者。

你们"奉献、友爱、互助、进步"的精神，在大灾大难面前像一束光，照亮了黑暗中的受助者，你们就是新时代的平民英雄，你们就是大家最值得尊敬学习的人。你们把爱的光源传递给无数需要帮助的人，这个世界因为有了你们变得更加温暖。感谢你们，我们身边最可爱的人；感谢你们，我们身边最美的志愿者。

感恩是一种责任，感恩是一种修行。常怀感恩之心，常为感恩而行。莒南县尊老爱老爱心公益协会的志愿者们付出的每一分努力，流下的每一滴汗水都会被受助者所铭记。你们用自己的奉献践行了诺言，用自己的行动为我们竖起了标杆，用温暖真情传递着人间大爱。你们也深刻地诠释了什么是志愿者精神，你们守护了人世间的万千灯火。你们的每一份服务，每一份工作都体现了担当，实现了自己的价值，更赢得了他人的尊重。对于莒南、临沂的两个文明建设来说，无论是精神文明建设，还是物质文明建设，总是可以看到你们忙碌的身影。正是因为你们无私的奉献和吃苦耐劳才让我们的社会更加和谐，更加温暖。

爱，是一种无声的诺言，只要轻轻一点火花，就能让世界充满温暖；爱，是一种无偿的交换，只要小小的一缕奉献，就能让彼此真诚相待！莒南、临沂，因为你们会变得更加美好，我们会因为你们变得更加文明，感谢你们的付出。

我叫王文杰，是一名退休的教育工作者，也是莒南县尊老爱老爱心公益协会的一名志愿者。

第七章　打造慈善品牌

铸就乡村慈善红色品牌

刘书收　口述　　卢言学　整理

《孟子·告子上》曰："鱼，我所欲也；熊掌，亦我所欲也。二者不可得兼，舍鱼而取熊掌也；生，我所欲也；义，亦我所欲也。二者不可得兼，舍生而取义也。"

沭河岸边的莒南县板泉镇渊子崖村，村北矗立一座六角七级烈士纪念碑。纪念碑用当地特有的紫红色砂岩建成，塔身铭刻 242 位烈士的英名，残阳如血。上书：云山苍苍沭水泱泱，烈士之风山高水长！

渊子崖的抗日民族史诗，义薄云天。

——题记

我们村子离渊子崖村几里路；我是听着英雄的故事长大的。

1941 年 12 月 20 日凌晨，到沂蒙山区进行"铁壁合围"

的 1000 多名日伪军，奔袭渊子崖村。面对穷凶极恶的侵略者，全村 312 名自卫队队员，在村长林凡义的带领下，同仇敌忾，奋勇抗击。他们利用村子的围墙，拿起土枪、土炮、铁锹、铡刀，英勇无畏，殊死搏斗。父亲牺牲了儿子补上，哥哥倒下来弟弟冲上前。激战一整天，消灭日军官兵 100 多人，奏响中华民族不屈不挠的抗日凯歌！毛泽东亲自在延安《解放日报》上撰文，高度评价渊子崖是抗日战争村自卫战的典范，渊子崖便成为"中华抗日第一村"。1942 年，当时的滨海专署授予渊子崖"抗日楷模村"荣誉称号。

我们多次走访慰问林庆玉老人。老人 1925 年出生，1948 年加入中国共产党。作为渊子崖保卫战的参与者、幸存者和见证者，他向我们讲述了当年战斗的残酷。他说："我们渊子崖的'五子炮'发挥了巨大作用。""五子炮"一次可以装填五发弹药，要五个人来操作，两个人调整位置，一人装填弹药，一人负责瞄准，一人点火。16 岁的林庆玉被安排为点炮手。面对武器装备精良的日本鬼子，林庆玉他们几个人在炮楼上丝毫没有害怕，那个时候他们只想着跟日本鬼子拼命。因为"五子炮"成为日本鬼子的重点攻击目标，林庆玉的双手被炸成了残疾，最终三次死里逃生。在这场战斗中，他也失去了很多亲人。

历史不能忘记，英雄不能忘记！亲历渊子崖保卫战的百岁老人林九席，我们公益协会在 2014 年老人 103 岁生日时去看望他，后来连续 6 年，直到老人与世长辞。2014 年冬天，我们给老人送去米面、油和各种糕点，还用三轮车拉去 1000 斤煤炭块，让老人过了个暖和的冬天。第二年"九九"老人节，六七名志愿者身穿表演服装，在老人家门口表演打花棍、抖空竹……耳朵有些聋的百岁老人，虽然已经讲不出那些烽火连天的故事，但我们不能忘记：在那场惨烈的渊子崖保卫战中，他一人用砍刀砍死4个鬼子，最后身中数刀，滚到水汪里才幸免于难。

列宁说过："忘记过去就意味着背叛！"今天，我们铭记历史，开创未来的最具有现实意义的事情，我以为就是礼敬先烈，善待功臣。

时汉文，1924年3月出生，18岁参加抗日游击战，先后任组长、队长、区民兵连长。他带领他的民兵连，冒着炮火用手推车给前线运送粮食弹药，顶着枪林弹雨用担架把伤员运到后方，多次荣获"支前模范"。2015年建军90周年之际，他参加了9月3日的天安门大阅兵和"中国人民抗日战争暨世界反法西斯战争胜利70周年大会"。我们尊老爱老爱心公益协会，每年八一建军节都去看望他，直到老人2021年离开了我们……

在礼敬先烈、善待功臣时，我们注重强化仪式氛围，努力营造宣传效果。2019年12月23日，我们在"看望老兵"活动时，志愿者浩浩荡荡，打着"十万青年十万军，一寸山河一寸血"的横幅，挨家挨户走访老兵。除了送去慰问品，还送给每位老兵一身65式军装。时汉文老人穿上军装，顿时精神焕发，满面红光，兴奋得久久不愿意脱下。

我收到了自卫反击战老兵吴运伟的一封信。信中说："我是自卫反击战的老兵吴运伟，写这封信给您，是想向您表达这么多年来您及你们的爱心协会关心我，帮助我的感激之情，并分享我在战争中的经历和心路历程……回首自卫反击战时期，我所在的部队在猫耳洞度过了无数个日夜，看到了炮火连天。我们猫耳洞是个狭小的空间，只有少许的水分，食物相当短缺，生存条件十分艰苦，又潮又热，周身没有一块好皮肤。记得你来我家时，撩起我的裤管和袖筒，看着全身的伤疤，你是掉了眼泪的。我这个老兵，轻易不向外人展示自己的伤痛，你却说每一块伤疤，都是保家卫国的勋章。你说要把我们老兵的故事讲给后人听，讲给在校的学生们听，你宣传革命精神的行动，让我特别感动！"

再说说我二大爷刘玉贵和李春起生死之交的故事。

李春起，李家涝坡村人，我们两村相隔 4 里路。李春起与我二大爷刘玉贵都是 1939 年入伍的，是新四军独立四团的战士。在甲子山战场上，他们一个连的兵力击退了敌人两个营。连队还没来得及休整，敌人一个团的兵力猛冲上来，连队抵挡不住敌人的猛烈进攻，伤亡严重。老战士李春起和刘玉贵，既是同乡，又是一对配合最默契、最有智慧的老搭档。敌众我寡的情况下，李春起毅然站出："连长，你带领战士撤退，我和刘玉贵掩护！"他们两人在掩护中，舍生忘死，总是把最好的位置留给老乡战友，把死神的威胁留给自己。最终，依靠他们的急中生智和相互配合，摆脱了敌人的追击，圆满完成了掩护任务。

李春起在沂蒙山的一次战斗中负伤，1946 年复员回家，在家务农。我二大爷刘玉贵，1945 年在临沂保卫战中负伤，27 岁落下终身残疾，被评为三等残疾军人。硝烟散尽半个多世纪，两位老人也都已仙逝，但他们生死相交的战友情义，在我们后辈子孙中，却绵延流淌……

我生不逢时，成长在那个"唯成分论"的年代，空有报国之志，恨不能从军——这也是我一生的遗憾！让我荣幸的是，改革开放以来，我亲手把4个孩子送入军营：大哥家长子刘景玉，1989年入伍，进了国防科工委，在部队服役20年；大哥家次子刘景志，1991年入伍，在青岛潜艇学院服役15年；二哥家长子刘景柱，1994年入伍，在部队12年；我的儿子刘景凯，1998年入伍，在部队服役5年。

沂蒙这片红色土地，催人泪下的故事，恰如漫山遍野的山花。

在沭河岸边，渊子崖村的周边，还有许多许多可歌可泣的英雄故事：尤洪义，女，张家官庄村人，1929年生，16岁入党并加入村民兵连担架大军；刘竹亭，女，1933年出生，识字班队长。她说："我们识字班每5天做一捆军鞋；每天晚上推米磨面烙煎饼，家里的面给解放军吃，自己吃剩下的糠。"郭德申，"一位跑起来不敢停"的通讯员，1930年生，16岁的他入伍，十年只回家一次；王康义，卞家涝坡村人，1924年出生，是一位出色的鞋匠，随军在后勤部队做鞋数十年……这些老革命、老党员，我们每次看望他们，都是一次人生的心灵洗礼！

云山苍苍沭水泱泱，烈士之风山高水长！渊子崖保卫战、红嫂、担架、手推车……这些都是构成"沂蒙精神"的红色元素。我想，礼敬先烈，善待功臣，铸造乡村慈善的红色品牌，不正是在传承红色基因，不正是在弘扬沂蒙精神吗？

在红色沃土播撒慈善真情

——刘书收慰问新中国成立前老党员随记

史　峰

6月28日，在中国共产党建党纪念日来临之际，刘书收会长在协会群里发出这样的询问："眼见七月一日就要到了，协会想组织一次看望慰问新中国成立前老党员的活动，不知道大家有没有时间？"

群里的协会工作人员什么价钱也不讲，立即回复："没问题，参加。"

敬老爱老协会的志愿者们，有的跟随刘书收会长参加慈善活动有十年的时光，有的七八年，有的是刚刚加入的新志愿者，还有一些是他家族的老兄弟、儿孙辈的年轻人。

这些人愿意参加这样的慈善活动，能够在刘书收会长的带领下坚持走访慰问弱势人群、老兵、老党员，不图一丝一毫的回报。他们的爱心和执着，事实上就是来源于刘书收会长的身体力行和不辞劳苦的真情示范。

火车跑得快，全靠车头带。众心齐，泰山移。不得不说刘书收会长高尚的情操和坚持善行的人格魅力，成为爱心协会最有力量的慈善号召力。

这样一支三百多人来自农村基层的协会志愿者队伍，这在整个临沂地区、全省都是少见的。如果刘书收的慈善行动没有真心实意地付出，没有感天动地的凝聚力，恐怕他是组织不起来这样一支庞大的慈善志愿者队伍的！

说到能够用人格魅力在沂蒙山区组织起这样一支善行遍及沂蒙、辐射日照、连云港，下至平民百姓，上至国务院、清华大学、北京大学领导关注的慈善志愿队伍，就很容易让人联想起小时候学的一篇课文《朱德的扁担》。

事实上，在这支队伍中刘书收就是一位冲锋在第一线、能够与所有志愿者同甘共苦的"总司令"。他平易近人，在慈善队伍中既是一位有威严的长者，也是一位温暖亲切的朋友。有力要出力，用心必到位，他没有架子，与志愿者们打成一片，融为一体。大家跟着刘书收从事慈善行动，感觉很光荣，很有成就感。关键是顺心，不憋气。

我曾经跟爱心协会的一位杜副会长谈起做慈善的不容易，说："跟你们志愿者一起扶孤助老，感觉很能提升自己的思想境界。你们是一群好人，跟好人在一起，特别温暖，相当有情怀。"

杜会长说："我们这算不得什么，要是跟刘书收会长在一起行动，那才会看到他一心扑在慈善事业上的大境界，他那个人只要协会里有活动，自己总是冲在最前面，虽然快七十岁的人了，但是忙前忙后像头狮子。你不得不佩服，在现在的社会里，还会有这样无私奉献的人，还有这样爱别人胜过爱自己的大好人。"

我记下了杜会长的话。

28 日，果然就有了这样一次机会，我与刘会长一起亲赴板泉涯去看望新中国成立前的老党员。刘书收会长说："板泉涯是咱们莒南县第一个党支部的成立地，这里是一片红色热土，新中国成立前的老党员为了沂蒙山的解放事业，做出的贡献太大了，所以协会把慰问老党员的第一站设在板泉镇，以此向老党员们感恩致敬。"

早晨 6 点钟，刘书收就带领志愿者到达了板泉镇政府大院。镇上的王副书记也来了，他在与刘书收的交流中说："这是一次特别有意义的活动，也是我们打造沂蒙慈善第一镇的推进亮点。希望今天的活动不虚此行，为老党员们送去协会的爱心，也带去政府的问候。"

刘书收的慈善行动，已经成为板泉镇社会发展的闪光品牌，是社会主义新农村建设的一支劲旅。协会办公室位于镇便民服务中心四楼和五楼。正是因为协会工作得力，群众受益，有影响力，所以镇政府无偿为爱心协会提供了偌大的办公场所。刘书收的慈善活动，不但得到了基层群众的赞扬，也得到了当地政府的充分肯定。只有无私奉献，只有不遗余力，才会有这样的结果和情景。

县慈善协会的领导来到仪式现场，郇会长深情地对刘书收说："你这个慈善活动搞了十年，不容易，非常不容易。这是爱心的力量，更多的是一种境界的坚持。有许多人曾经问我过，说板泉做慈善的老刘是个什么样的人。我跟他们说，老刘是一个大善人，是许多人比不了的高尚的人。十年行程

60万公里，自己捐出150多万元，看望慰问了6600多位老人、孤儿、老兵、老党员，这样的事谁能做得到？我们反躬自问，能不能做到？应该说不容易做到。用事实来说话，板泉老刘就是一位需要仰望的乡贤。"

郇会长的评价，代表县领导对这个沂蒙慈善家的热情肯定。如果工作没有做好，慈善没有做到位，我想郇会长也不会有这种发自肺腑的感言。刘书收无私无畏的慈善行动，感动着沂蒙大地的每一个人。付出不求回报，刘书收所期望的就是万世太平，万民立生！

临沂市慈善总会的秘书长亲临现场，为爱心协会走访新中国成立前老党员活动颁发纪念奖牌并致辞，说板泉渊子涯村是全国抗日模范第一村，老党员带领群众浴血奋战的精气神，已经永载史册，全国闻名。今天，莒南县敬老爱老爱心协会的志愿者们，在"七一"前走访新中国成立前老党员的行动特别有意义，代表临沂慈善总会感谢刘书收的大爱之举。

出发！刘书收会长一声令下，三支慰问队伍一起走向慰问老党员的征程。这是一场播撒爱的行程，也是一次表达感恩的旅行。

敲开渊子涯村新中国成立前老党员的家门。门前道路平整干净，大门上挂着"家有党员""新中国成立前老党员小院""光荣之家"等铭牌。

刘书收介绍，县委县政府、镇党委政府十分关怀老党员们的日常起居和居住生活环境，专门拨款为他们修了门前路，美化了院中景观，还购置了室内家具摆设。因为政府投资建设，老党员们的居家环境温馨美好，十分宜居。国家没有忘记这些功臣，我们也应该怀着感恩之心来看望这些功臣。

老党员精神状态很好，他们各自历数着刘书收历次来走访的情景。有的老党员望着刘书收的满头白发，像老父亲一样感叹："儿呀，我们老了，你咋也老了呢？看看你这一头白头发，都是操心操得呀。平时多顾着点自己，多休息，吃些好的，别光想着别人，亏了自己。"

刘书收答应着："放心。我吃得好，睡得好，亏不着自己。你老放心，我没事。要不是你们打下江山，莫说过上现在的好日子，连有没有我们还不指定呐。亏你们不怕苦，不怕死，打败敌人建成了新中国。"

刘书收非常感恩地为老党员们摆功绩，老党员都摆摆手："那都过去的事，算不得什么功劳。都那样。鬼子来了，我们不能看着他横行霸道吧，就算死也得跟他们拼。"

一说起过去的岁月，老党员们仍旧有着不可战胜的精神力量。刘书收的到来，除了带来吃的喝的用的，还有"老英雄们，我们没有忘记你们，会永远铭记你们的功勋"的情感信息，这是对老党员们"过去的苦没白受，过去的命没白拼"的最大宽慰，精神上的关爱胜过蛋白粉。特别是刘书收对老党员的尊重和知心，对于老党员们是最为温暖的精神礼品！

在红色的沃土上，全心全意地播撒慈善真情。刘书收会长组织的此行，就像一首歌，让老党员们知道：他们是后人眼里的精神丰碑，是后人心间永远感恩铭记的英雄。老党员们得到这样的礼遇和致敬，他们会倍加欣慰，中华民族不屈于外敌，敢于抗争敢于革命的精神就可以永远传续！

　　刘书收用他细腻温暖的慈善方式，让慈善行动成为传承民族精神的一面旗帜，一首在沂蒙大地动听传唱的英雄赞歌！这是他的慈善行动工作实、站位高、有品牌影响力的独特风格……

自卫反击战老兵给刘会长的信

吴运伟

尊敬的刘书收先生:

您好!我是自卫反击战的老兵吴运伟,写这封信给您,是想向您表达这么多年来你及你们爱心协会关心我、帮助我的感激之情。并分享我在战争中的经历和心路历程。

说实话,在十年前你来家里看望我的时候,我并没有想到你会连续十年一次不拉地来看我这个老头子。你一年一年地看望,在我心里积累下太多的感动。每次与你聊天,心里总会感觉很敞亮。

说实话,到了我这个年龄的人,不图好吃,不图好喝,不图好穿,就图有你这样的热心人一起聊聊天,说说过去的事,把心里攒下的千言万语跟你透个底,说出来爽快。你总是有耐心地听,你跟别人不一样,是个有大爱的人。

回首自卫反击战时期,我所在的部队在猫耳洞度过了无数个日夜,看惯了炮火连天。猫耳洞是个狭小的空间,只有少许的水分,食物相当短缺,生存条件十分艰苦,又潮又热,周身没有一块好皮肤。记得你来我家时,撩起我的裤管和袖筒，看着全身的伤疤，你是掉了眼泪的。我这个老兵，轻易不向外人展示自己的伤痛，你却说每一块伤痛，都是保家卫国的勋章，你说要把我们老兵的故事讲给后人听，讲给在校的学生们听。你宣传革命精神的行动，让我特别感动。

那时，我们在战场上，每天都要随时准备出击。很多时候生死就在一瞬间，我目睹了无数战友的牺牲，自己也多次与死神擦肩而过。然而，我们并没有被吓倒，因为我们知道，为了国家的安宁和尊严，我们必须勇往直前。今天的和平来之不易，我也是希望有更多的孩子们能了解战争，知道血与火的磨砺。如果，你在宣传革命传统精神的过程中，需要我帮忙出力，我一定义无反顾，一定把爱心协会给予的任务坚决完成好。

在猫耳洞极端困难的生活中，我也曾无数次陷入困境。然而，每当我看到身边的战友们，我就会重新燃起希望之火。我记得有一次，我们在前沿阵地遭遇了敌人的袭击，我们的一个战友不幸受了重伤。为了挽救战友的生命，我们冒着生命危险，冲进敌人的阵地，将战友背回来。

在那个危急时刻，我们忘记了自己的安危，只想着救回战友的生命。最终，我们成功地将战友救了回来，也正是因为这次经历，让我更加坚定了自己的信念：为了国家和战友的幸福，我愿意付出一切。

现在生活安定了，我身上虽然还有战争留下的许多伤痛，但是自从与你相遇相识，再从相识再到相知之后，我感觉是你用温暖人心的慈善行动拂去了我心中那些久远的伤痛，让我可以幸福而平静地面对生活。

你每次来看我，都特别强调非常感恩我和战友们在战争中所做出的贡献和牺牲。

你说："作为一名老兵，您为我们国家的安全发展做出了巨大的贡献。您的勇气和无私奉献的精神，是我们每个人都应该学习和尊重的。在战争中您经历了许多困难和痛苦，但是您没有放弃，您坚持了下来，成为保家卫国的英雄。您的精神和行为，激励着爱心协会的志愿者们在沂蒙大地上传递爱，播种爱。"

听着你的这些话，我总是万分感动，也有些惭愧，因为作为一名老兵，我没有那么大的作用。但是，与你知心交谈之后，让我知道了我的经历的价值，后人并没有忘记，我和战友们流血牺牲的冲锋，并没有白费。

作为一名老兵，你的到来、你的话、你的慈善行动，让我真切地感受到了：山没有忘记我们，水没有忘记我们，国家没有忘记我们，人民没有忘记我们……

你给我这个老兵，带来了无愧于过去的精神支撑，觉得自己对于国家的建设还是有一些作用的。说实话，有一段时间，我和其他一些老兵们的精神与心灵，都面临着许多挑战和困难。在我们需要支持和关注的时候，你的到来为我、为我们提供了无私的援助。

感谢你的物资资助，更感谢你为一名老兵带来了坚强的精神支持和温暖的心理宽慰。只是，每次收到你和协会送来的慰问物资，我都特别愧疚，我又没有为爱心协会做过什么贡献，总是这么白吃白拿，真是有愧啊。以后，来看我时，别捎东西了，只要你人来，我就感激得无法回报了，你是老兵的贴心人、知心人。

你对老兵的尊重和关爱，让我们感受到了社会的温暖，也让我们更加坚定了这样一个信念：为了国家的富强和人民的幸福，我们还会继续勇往直前，无怨无悔。

你的大爱之举，你对老兵们的支持和关心，已经坚持了十年。这十年路，不容易，是一场需要特别有毅力才能坚持下来的持久战。这说明您不仅是一位慈善家，更是一位坚定的爱国者和平凡英雄。

今天写信，我最想说的一句话是：感谢您！感谢您的慈善之举。这十年来，你连续来看望我、看望老兵的行动，也是一场为构建和谐社会而做出的英勇的战斗冲锋。你也是令人敬佩的战士。

最后，请允许一位自卫反击战老兵，向你这位慈善事业老兵，致以最崇高的敬意。

此致！

敬礼！

对越自卫反击战老兵：吴运伟

2023 年 7 月 3 日

在慈善道路上寻访革命精神

——走访新四军老战士李春起、刘玉贵

史　峰

在慈善道路上寻访革命精神是一个非常有意义的活动，可以了解到中国革命的历史和伟大精神，同时也可以为慈善事业的发展寻找到精神力量的支撑。

八一建军节即将到来之际，7月27日临沂市慈善总会莒南县尊老爱老爱心公益协会，党支部书记、会长刘书收，分副会长刘书利、薛久海，组织志愿者一行到板泉镇李家涝坡村、大王刘庄村，看望一对生死之交的好战友的家属。

新四军老战士李春起、刘玉贵，这一对好战友虽然都已经离开了我们，但是他们在战争年代，在战场上流血拼搏的精神不能忘记，他们二人是同乡，都是在1939年入伍，都在新四军山东军区陈毅司令部，是独立四团的战士。

刘书收经常向人们讲起：

新四军老战士李春起，作战勇猛灵活机动性强，在甲子山战场上他们一个连兵力击退了敌人两个营，连队还没来得及休整，敌人一个团的兵力猛地冲上来，连队战士伤亡严重，抵挡不了敌人的猛烈进攻。老战士李春起和刘玉贵是一对在

战场上配合最有力、最有智慧的老搭档，在敌众我寡的情况下，他对连长说："你带领战士撤离，我和我的老搭档刘玉贵掩护。"看到战友们离开了战场很远了，他们两个人边打边退，机智勇敢，利用熟悉的地形，摆脱了敌人的追击。

走进李春起的老院子，刘书收和志愿者们找到了他的大女儿李恩美，给到访者讲起了父亲的革命故事：李春起老人在沂蒙山一次战斗中负伤，被战友们抬下战场，在医院治疗。李春起老战士在战斗中多次立功，伤残治好后被评为革命伤残军人，在1946年复员回老家，在家务农……

刘书收听了很感动，说老英雄勇敢坚韧，演绎了一段朴实无华、从不居功自傲的英雄事迹。他从未在人前炫耀自己的功绩，更没有以此为资本向政府或社会索取。战争结束后，英雄选择回到家乡，始终保持着低调和勤俭。

人们真切地感受到老人生活虽然简朴，但他的精神世界却丰富多彩。英雄的事迹给人们带来了许多启示，无论面对何种困难，只要有坚定的信念和不屈的精神，就一定能够克服。他的经历让人们明白，无论是战争年代的英勇奋斗，还是和平时期的勤勉耕耘，都是我们每个人应该追求的目标。他的故事让我们看到，真正的英雄不是那些在战场上挥舞刀枪、威风凛凛的人物，而是那些在日常生活中默默奉献、始终坚持自己信念的人。这样的英雄我们不能忘记，走访英雄，感恩奉献，用慈善行动向英雄致敬！

刘书收又带领志愿者一行来到新四军老战士刘玉贵儿子家里。刘玉贵系莒南县板泉镇大王刘庄村人，1918年3月生，

1939年入伍，在新四军山东军区陈毅司令部，是独立四团战士。

他1939年入伍跟着新四军在苏鲁地区、沂蒙山区打鬼子除汉奸，消灭国民党队伍，在1945年参加沂河岑战斗中英勇负伤，27岁他落下终身残疾，被评为三等残疾军人。他在战斗中多次立功，到1946年在部队养好伤领导安排他复员回家，这些年老两口都一一过世，他的孙女在家和志愿者们叙说爷爷的故事，找出爷爷参加革命的证件让志愿者们看。

这位革命老英雄回乡的三十多年里过着艰难困苦的生活，从来不给政府添麻烦，这种高尚的品质和坚韧的精神真是让人感叹不已。他的付出和贡献不仅仅是为了自己，更是为了祖国和人民。他用自己的汗水和努力，为国家和人民做出了不可磨灭的贡献。他的坚毅和勇气是我们学习的榜样，他的付出和奉献是我们永远不能忘记的。

行走在慈善的道路上，一次又一次地寻访英雄事迹。刘书收与志愿者们把革命英雄主义谨记心头，一路前行，无怨无悔……

守护好"厉家寨"这面旗帜

徐田东

我叫徐田东，是在毛主席的光辉批示"愚公移山，改造中国，厉家寨是一个好例"的"好例"村里长大的。在我小时候的记忆中，山上山下满山遍野的红旗，在田间地头都宣传着"愚公移山，改造中国，厉家寨是一个好例""工业学大庆，农业学大寨"的标语，让我记在心里，长大后才知道厉家寨的人民有战天斗地的精神，得到了伟大领袖毛主席的批示，厉家寨是全国人民学习的好榜样。

前些年为了纪念伟大领袖毛主席的批示，在我们厉家建设了厉家寨博物馆和毛主席纪念广场。我们每年都到毛主席纪念广场举行庆祝活动。五年前，我遇上了莒南县尊老爱老爱心公益协会组织的志愿者队伍，也来到伟大领袖毛主席纪念广场，庆祝毛主席的诞辰日，志愿者们共同合作，彩旗飘扬，声势浩大。我们献上了鲜花和花篮，敬上美酒和佳肴。庆祝活动上，莒南县尊老爱老爱心公益协会会长刘书收讲话时说："每年不管是刮风下雨，都要风雨无阻地来到这里纪念毛主席。"会长的讲话，激发了我更加热爱毛主席和守护好"厉家寨"这面红旗的信心。

之后，刘会长给我一个更加艰巨的任务：临沂临港经济开发区四个乡镇，由我担任尊老爱老爱心公益协会的分会长。从那以后，我们走访看望贫困老人、百岁老人、新中国成立前老党员和抗战老兵等，会长都是带着车辆带着各种生活用品，来到临港由我带队分工走访入户慰问老人。

我最难忘的是，前些年在九九公益捐款活动中，我捐款七百元。刘会长在网上看到信息了，会长当时他不知道是我捐的，我当时的微信名字是字母"XTD"符号。会长在莒南县尊老爱老爱心公益协会志愿者大家庭群里查找，后来知道是我后，他把我批评了一顿。会长说，你是一个天天骑着电动车打工的农民，年龄又这么大了，又不会开车，一天挣不到一百块钱，你一下子捐了7天的打工钱这还了得。会长又退给我六百，他说你捐一百都不少。我坚决不要，我把我的心意向会长说了："我是一个一心向党的农民，我捐的钱不是给你的，是看望那些贫困老人和儿童的，你一定要接受我的心愿。"最后会长还是接受了我的心愿。在这几年里，我看着会长每年都是拿出自己的钱来做慈善，我也继续学着每年都捐，我在想，能跟着会长学习做慈善是我的福气……

我为会长写心声

明立果

我是临沭县电影电视家协会主席明立果，我为临沂莒南县尊老爱老爱心公益协会会刘书收写心声！

2013年是我们山东临沂最高兴的一年，因为2013年11月是习近平总书记来临沂临沭的一年，也是临沂莒南县尊老爱老爱心公益协会成立的一年。在没成立协会之前，我们的会长刘书收就做慈善事业；成立了协会后，扩大了团队，就更有力量了。刘会长做的慈善事业太多了，就不一一地说了，最有印象的是他不光为全村六十以上的老人过节送东西，他还带着我们去全县看望百岁老人，还去各个敬老院看望老人。不管去哪里，都是协会买单，他做慈善的事迹是我们学不来的，他做的慈善事业更让我们心服口服。

但是也有我不满意的地方。最不满意的是有一次去看望百岁老人的时候，我也尽自己的力量买了点东西，他不但没收东西反而还把我批评了一顿。他说："我让你们来和我一起去就行，我不是让你们来花钱的，花多少钱由我出。"这就是我不满意的地方。

我和刘会长一起去做的慈善太多了，其中印象深刻的是，2017年12月5日至7日三天的时间，走访莒南县的49名百岁老人。时间是县老龄委按照各乡镇百岁老人多少安排的时间表。第一天方案是石莲子镇、大店镇、筵宾镇。方案第一天就没理顺下来，定好的是第一站去石莲子镇，位于莒南县的最西北角，与河东、沂南交界。一个组一天走十六七户，时间是很紧的，我们临沭的几名志愿者天不亮就起来准备，8点赶到石莲子镇，走访了良家屯村百岁老母亲李本正老娘、严家庄村百岁老母亲严明氏老娘、小岭子村百岁老母亲赵金英老娘、墩后村百岁老母亲薛桂兰老娘、东石杭石村百岁老母亲于凤英老娘、高家埠村百岁老母亲吕秀英老娘和百岁老母亲曹玉芝老娘。下午去大店镇，结果联系不上老龄委主任了，这一下子方案打破了。我可知道认真的领导想把走访百岁老人的事做好，但是有些人不是这样想的，我行我素，电话不接人找不到，只有改变地点。带队的领导可气急了，从莒南西北角一下子改变去了莒南最南边的洙边镇。我们先后看望了东夹河村百岁老父亲孙义干、大高庄村百岁老母亲刘玉娥、杨庄村百岁老父亲陈茂贵，最后来到孙家山百岁老母亲宋原石家。老人家大门锁着不见人，发动两委干部和邻居开始找。她老人家住在村子最前边，门前就是沟，只有向东走还是一个大下坡，我们成年人走也得慢慢地，可是她老人家拄着拐棍天天就这样走来走去。她到庄后头串门去了，本来下午的时间就很紧，发动村里的人用1个多小时才找到。老年的俗话说，七十不留宿，八十不留座，但是宋原石老娘一百多岁了，天天不住脚活动锻炼身体，这可能就是她长寿的秘诀。

这件事告诉我：我们在进行公益慈善做好事的同时，多走路也是锻炼身体，在身体和心灵上都有益自己。我们的公益慈善协会正是：真人真事真行动，真心真爱真感人！

敬老爱老永远在路上

刘书习

我叫刘书习，1964 年 8 月出生，莒南县板泉镇大王刘庄村人。

出生于四个姐姐、三个哥哥之后，兄弟姐妹八个人的大家庭中。在当时那个年代，经常是吃了上顿没下顿，冬天也只能穿单衣，生活非常艰苦。成年后，我在福建参军三年，光荣退伍后，投入到家乡的建设中。随着社会发展，紧跟国家的好政策，通过自己做了点小生意，自己的生活也逐渐富裕起来。正是自己贫困生活的经历，更能清楚了解贫困生活的艰难，凭着能帮助一点是一点的初心，我积极参与到莒南尊老爱老爱心公益协会初期的筹建及后续的工作当中。

2013 年 9 月，以本家族几位大哥（刘书收、刘书利、刘书生等）为发起人，成立临沂最美夕阳红慈善协会（暂用名）。协会成立之初，各个部门不完善，我们经常一个人顶好几人。走访基本是附近乡镇的老人、老党员、老战士、残疾人等。慢慢地，这种爱心行动受到社会和政府的广泛关注，越来越多的人加入我们的行动当中。随着规模的扩大，在 2018 年

10月，经莒南县民政局登记注册，成立莒南尊老爱老爱心公益协会。协会走访的范围也慢慢扩展到临沂市的三区九县，这十年间，我们走访了几千人，捐赠货物上百车，行驶里程几十万公里。慰问走访有时路途遥远比较辛苦，但是看到被走访人员满意的笑容，是对我的一种激励，鼓舞着我克服一切困难，将这个慈善活动进行下去。

我们这十余年的爱心行动，受到社会各界的广泛关注，协会也受到了镇、县、市各级有关部门的表彰。这不仅是对我们弘扬社会正能量，打造和谐社会良好风气行动的认可，也是对我们协会每个人的激励，激励着我们在敬老爱老弘扬中华传统美德的道路上继续前进，为构建和谐社会贡献自己的一分力量。在今后的生活及协会的活动中，我将尽我最大的努力支持及参与协会工作。衷心祝愿我们的协会越来越好，为社会做出更大的贡献！

第八章　树立孝慈标杆

树起乡村孝慈文化标杆

刘书收 口述　卢言学 整理

《孟子·梁惠王上》曰："老吾老以及人之老，幼吾幼以及人之幼。天下可运于掌。"

临沂是著名"孝乡"，历史上二十四孝有七孝在临沂：卧冰求鲤之王祥、负米养亲之仲由、单衣顺母之闵子骞、嗜指心痛之曾参、闻雷泣墓之王裒、鹿乳奉亲之郯子、戏彩娱亲之老莱子。

至今，在莒南，在临沂，孝风犹存，恰如沂河沭水，源远流长……

——题记

孝道是中华民族的传统美德。乌鸦有反哺之恩，小鹿有跪乳之报，何况人呢？我这一生，最恨的是那些不肖子孙，相处朋友的原则也首先看这人是不是孝顺。

我们尊老爱老爱心公益协会，从 2014 年走访慰问百岁老人林九席开始，每年都走访全县的百岁老人，连续十年。每到一家，我都叫声"老爸爸""老妈妈"。我的父母虽然都离开了人世，在这些老人家面前，我一声老爸爸老妈妈，便感到浑身热血涌动，我又感受到了做儿子的温暖。坐在他们的炕沿床边，握住他们粗糙的双手，听着那些沧桑的人生故事，所有的志愿者都会受到深深的感动。

2018 年 12 月 26 日，我们到临港开发区东诸睦村，看望百岁老人李世东。陪老人坐了半个小时，老人仍不肯放下紧握的双手；临走时，老人坚持不肯要我们带来的慰问品。他蹒跚着送我们，一边说："你们来看俺，俺就喜得不得了，还年年拿这么多东西，俺不要！"

我们从 2017 年，每年都去大店镇张家岭村看望侯风娥老人，连续五年，直到 2022 年老人在 111 岁时离世。记得第一次到她家，进门看到三个老太太坐在那里拉呱；三位老人长得一模一样，就像姊妹仨。经人介绍，三位老人除了侯风娥，另两位是照顾她的两个女儿，大女儿 93 岁，二女儿 84 岁！真是奇迹。当时老人耳不聋眼不花，拉着我的手，有说不完的话。我们临走时，她们娘儿仨相互牵手，送我们到门口。那温馨的画面，深深刻在我的脑海里。

2019 年 9 月 27 日上午 9 时，为庆祝新中国成立七十周年，首届沂蒙企业关爱百名百岁老人大型公益慈善活动暨"临报融媒"百名记者联合采访活动，在沂蒙革命纪念馆启动。这个活动由临沂报业集团发起，山东省沂蒙文化研究会、临沂市卫生与健康委员会、临沂市慈善总会、沂蒙革命纪念馆和我们尊老爱老爱心公益协会共同举办，300多人参加了启动仪式。沂蒙爱心企业以"热爱家乡，尊老爱幼，崇德向善"的桑梓情怀，当场捐助粮、油、米、面、被褥等价值25万余元。

启动仪式结束后，临报集团与爱心单位、爱心企业，还有上千名志愿者，组成12个慰问和记者采访线路，分赴全市县区慰问采访百位百岁老人。每个老人12样礼品，我们这一路志愿队伍，就拉了整整一汽车慰问品。采访记者多角度、多视角报道百岁老人的生活近况及鲜为人知的人生经历，为庆祝新中国成立七十周年，献上了一份特殊厚礼。

这次在全市引起广泛影响的"双百"活动，缘起是一次普通的谈话：临沂日报社一位程姓记者，和我女儿一起，在沂河新区担任社区第一书记。一次，他们在谈家长里短时，女儿无意中说起我们公益协会走访百岁老人的事情。或许是职业敏感，程记者马上汇报了报社领导，临沂报社安排任振国同志和我联系，并最终策划促成了这项活动。影响更多的人加入慈善行列，我感到由衷的高兴。

2020年10月21日，九九重阳节即将来临，我们尊老爱老爱心公益协会，再次启动走访看望全县百岁老人活动。活动现场在县文化广场举行，县卫健局、民政局、融媒体中心、残联、文联、慈善总会等单位的主要负责人，其他县直各单位分管负责人，各镇街党（工）委宣传委员、老龄办主任参加了活动现场启动仪式。县人大常委会副主任程守清主持会议，县卫健局局长李冬致辞，我在启动仪式上做了主题发言，县委常委、宣传部部长赵洁讲话并宣布活动启动仪式开始。全县 600 多名志愿者参加了这次活动。

百岁老人是福星，是祖国由弱变强繁荣昌盛的见证者、实践者和贡献者。我们看望这些老人，不是蜻蜓点水走形式，而是真正地走进了老人们的家门，与他们面对面坐下来，手拉着手，嘘寒问暖亲切交谈，关心他们的生活，分享他们的快乐和忧虑。

我们用"爱心之旅小站"记录我们的每次活动：

爱心之旅 272 站：2023 年 1 月 8 日，志愿者分工走访贫困老人。所带物品：猴头菇、蔬菜面条、芒果汁饮品、木糖醇饼干、兰陵美酒等。由王成国、时李霞、薛久海、杜西娟、王金波、刘书利、刘书习、刘景华、刘景文、刘景阳、刘景国、刘朝杰、刘朝军、李霞等带队；

爱心之旅 277 站：2023 年 2 月 21 日（农历二月初二龙抬头），走访十字路街道百岁老人。

爱心之旅 278 站：2023 年 3 月 5 日学雷锋纪念日，走访看望坪上镇百岁老人。

爱心之旅 279 站：2023 年 3 月 5 日走访看望相沟镇敬老院贫困孤寡老人，同时给老人表演节目。

爱心之旅 280 站：2023 年 4 月 19 日走访看望坊前镇百岁老人。

……

小站虽小，但我们用心去做，一站接一站，永远在向前！

我再说说让我十分感动的一次走访。2019年1月20日，我们走访慰问板泉镇新城村103岁老人马兆莲。老人的儿子儿媳都去世了，在临沂经商的40多岁的孙子媳妇，毅然关掉店铺，回家照顾奶奶。老人家里打扫得干干净净，孙媳妇服侍照顾老人十分周到。老人的孙媳妇话语不多，反复强调的都是那句话："人心都是肉长的，不能看着奶奶一百多了还自己在家受罪。"

　　2005年到2010年，我被聘为人民法院陪审员，并于2008年和2010年两次荣获"临沂市人民法院优秀陪审员"称号。记得在板泉法庭陪审一个案子：一个85岁的老母亲颤颤走向法庭，状告大儿子。原来老人有三个儿子，约定每个儿子每年给老人60斤米、10斤黄豆、200斤小麦玉米，但在临沂工商局上班的大儿子，连续几年就是不给。母亲上告，儿子竟然带着律师前来出庭。我一看，顿时火冒三丈，一拍桌子，对着不孝之子大声说："你是公家人，吃着皇粮，你娘在家却吃不上喝不上，你于心何忍！老娘生下你的时候，是怎么照顾你的？"这时，律师起身想为他争理，我又面朝律师："你是你娘生的吧，你怎么有脸面为这样的不孝之子辩护！"律师也感觉理亏，红着脸起身离开。

　　法庭为可怜的老人讨回公道。但我知道，老人那颗受伤的心，将永远滴血不止！

　　2021年12月23日，临沂市慈善总会、市孝文化研究会、市总工会、团市委、市民政局、市广播电视台等七部门共同为2021"十大沂蒙孝星"颁奖，我非常荣幸地被评为"十大沂蒙孝星"。

临沂市慈善总会会长徐福田，在主持颁奖时说："十大沂蒙孝星是当代孝善文化的践行者和学习楷模；慈孝是仁爱之心的具体体现，也是社会主义核心价值观的重要内涵。我们要积极打造'明孝德，扬孝风，做孝子，行孝事'四孝工程。"

弘扬中华优秀传统文化，传播孝老敬老时代风尚，"爱心之旅小站"永远在路上！

一次难忘的走访活动

王首富

我是临沭县体育摄影协会会长王首富，自 2013 年起，便是莒南县尊老爱老爱心公益协会的一名志愿者。

近几年来，刘书收会长带领我们的团队看望了很多老党员、老干部、老英雄、敬老院、社会贫困孤寡儿童，看望临沂市三区九县的百岁老人，受到各级领导的信任和支持。加入这样一个协会，我感到骄傲，感到自豪。尤其是让我特别难忘的一次活动，那就是 2019 年九九重阳节之前在临沂革命纪念馆举行的全市"双百"活动：百名记者看望走访百名百岁老人。规模特别大，市各部门的领导，报社记者上百人，电视台领导和工作人员全程录制，学生千余人，志愿者六七百人参加，记者一对一地入户看望百岁老父亲和老母亲。

我走访了临沭韩村镇的老父亲老母亲。我来到沙窝村走到庞七香老娘家里，看到老娘正在自家院子里晒太阳，我上前和老娘拉家常，问起新中国成立前那些事，如何打鬼子打汉奸。老娘教育我们年轻人一定要听党的话，现在社会生活这么好，都是毛主席老一辈革命家打出来的。随后又到了白毛西居委王玉太老娘家，柳庄刘振兰、朱时春老娘家，埠上村李文动老娘家，前齐庄刘兰老娘家，韩村街张如美老娘家，看到这些老娘有的身体很健康，也有的老娘在床上躺着不能下地，无论什么情况，我们去了她们都很高兴，握着我们的手不让走。

　　通过这次走访百岁老人活动，我自己更坚定了参加慈善公益活动的信心。几年来，我跟着刘书收会长参加了各种各样的上门服务、文艺汇演，看望贫困病人，给特殊病人送轮椅等慈善活动，我都一一记在心里。刘会长带领我们每到一处，都提着米面点心等礼品，满脸笑容走进老人家里，进门便坐在老人的床边，热情洋溢地跟老人打着招呼，拉着家常，嘘寒问暖，群众无不交口称赞。刘书收还想方设法让老人们走出来，给老人们带来精神上的愉悦。几年来，他出钱先后组织了数百名老人到云南、威海等地旅游，老人们无不心情激动，兴高采烈，说刘会长真是俺这些老年人的贴心人啊。

看望百岁老人侯记森
寻常人家的幸福密码

史 峰

莒南县玉泉社区的环境优美宜人，充满着生机和活力。社区内绿树成荫，花草繁茂，鸟语花香，让人感到仿佛置身于自然公园中。一个寻常小院，有一位百岁老人侯记森，他的生活环境简单质朴，却蕴含着无尽的温情和幸福密码。这个故事被莒南县敬老爱老爱心协会的志愿者们发现，他们决定去探望这位老人，以行动践行慈善之道。

在夏日的一天，志愿者们来到了侯记森老人的家。老人家中陈设十分简朴，但却充满了温馨和亲切的气息。房间不大，但打扫得非常干净整洁，墙上挂着几幅古老的黑白照片，记录着一家人的点滴回忆和故事。房间摆放着一张实木床，床上铺着干净的床单和枕头，透露出家的温暖和舒适。老人虽然卧床，但是身边氛围特别温馨，经过岁月洗礼的沙发、茶几和电视柜，记录着过往岁月的痕迹。虽然家具和电器并不豪华，但它们都是老人生活的一部分，见证着老人一家的日常点滴和相互陪伴，充满了生活的气息和温暖，透露出老人一家的勤俭持家和彼此关爱的美好氛围。这样的家庭氛围和陈设，让人们感受到的不仅仅是舒适和便利，更多的是家庭的温暖和幸福。

老人的子女说，老人在卧床之前自己每天的生活都很规律，早上起床后就会去院子里浇花、喂鸟，然后坐在摇椅上晒太阳。常常跟周边的邻居们说，自己的生活很简单，但是很美好。家人都很关心自己，朋友们也会常来看自己，这就是最大的幸福。曾经付出的爱，现在孩子们再回馈给他无微不至的照顾，他的8位子女，全力照顾他，给予他无微不至的关爱。8个子女作为寻常百姓，他们的幸福感受各有不同，但总体来说，他们围绕着老人，家庭温暖和睦、互相扶持、共同成长。每到吃饭的时间，子女们都会将做好的饭菜端到老人的房间里，然后一勺一勺地喂他。老人有时候会不想吃，孩子们就会耐心地劝解，告诉他要保持营养，才能早日康复。

除了饮食上的照顾，孩子们还会给老人擦身、换衣服、按摩、推拿等。他们每天都会为老人量体温、测血压，确保他的身体状况稳定。更感人的是，子女们还会轮流居家陪护老人睡觉，以便在他需要帮助的时候能够及时赶到。在这个大家庭中，八个子女携手照顾老人的感人细节比比皆是。他们每天轮流值班，经常一起商量如何让老人过得更舒适，更愉快。除了基本的饮食起居，子女们还注重给老人以精神上的关爱。他们经常和老人聊天，讲述生活中的趣事，分享彼此的快乐。侯记森老人虽然不能说话，但通过孩子们的讲述和表情，他依然能够感受到家人的爱和关心。

另外，孩子们还注重给老人以心理上的疏导。他们经常会为老人播放喜欢的音乐或者戏曲，让老人心情愉悦。侯记森老人的爱好很多，他喜欢听评书、看戏，还喜欢下棋。孩子们会轮流陪他听一些老的评书，让老人沉浸的美好的时光里。在莒南县，侯记森老人的故事被传为佳话。他子女的孝心、毅力、奉献成了许多人的榜样。志愿者们被老人的八个子女所感动，也被他们的团结和付出所折服。

玉泉社区支部书记瞿辉先生，在谈到侯记森一家时，赞扬他们互助互爱、践行家庭美德的行为。认为侯记森一家不仅注重自己的家庭生活，还积极参与社区活动，为社区的发展和居民的福祉做出了贡献。侯记森一家的行为，彰显了家庭美德的重要性。他们以身作则，向社区居民传递了一种积极向上的家庭观念和家庭文化。这种家庭美德不仅有助于家庭的和谐和幸福，也有助于社会的和谐和稳定。

瞿辉书记认为侯记森一家的行为值得大家学习和借鉴。他说全社区居民都以侯记森一家为榜样，积极践行家庭美德，共同营造一个和谐、幸福的社区环境。同时，瞿辉也表示社区将会继续关注侯记森一家，为他们提供更多的帮助和支持，让他们的家庭更加幸福美满。并对莒南县尊老爱老爱心协心的慈善行动表示感谢。

临别时，志愿者们向老人保证，他们会传承慈善精神，帮助更多需要帮助的人，一直保持爱心，为社会做出更多的贡献。这次看望百岁老人侯记森的旅程，让莒南县尊老爱老爱心协会的志愿者们受益匪浅。他们明白了寻常人家的幸福密码，那就是：知足常乐，感恩生活，多行善事。老人侯记森的生活态度和慈善精神将成为他们人生道路上的一盏指路明灯，指引他们走向更加美好的未来。

在这个快节奏的社会中，人们容易迷失在追求金钱和名利的漩涡中，忽略了自己最宝贵的财富——家庭。因此，我们需要反思和重视家庭的重要性，回归家庭和谐的本质。无论是在家庭中还是在社会中，我们都应该以慈善、关爱和付出的精神去生活，让幸福和爱的力量传递下去，成为更多人追求的目标和理想。家庭幸福不仅仅是指物质上的富足和满足，更包括亲情、友情和爱情等多方面的情感纽带和沟通。

平凡生活中，我们可以享受简单而温馨的家庭生活，感受亲人和朋友的关爱和陪伴，享受着一日三餐、四季轮回的自然馈赠。在这些平凡的生活中，我们也可以发现许多令人感动和震撼的事情，例如身边人们的付出和奉献，社区的凝聚力和互助以及自己在平凡岗位上的付出和成就感。一个真正幸福的家庭应该注重团结和付出，尊重和欣赏彼此，以及关心和照顾每一个家庭成员。只有这样，家庭成员才能感受到真正的关爱和支持，从而拥有内心的满足和幸福感……

从来没离开过一亩三分地的人

葛绪涛

我是河东区汤河镇大坊屋村村民，我叫葛绪涛。

听说莒南县有个尊老爱老公益协会，组织六十岁以上的老人去旅游不要钱，还包吃、包住、包飞机票、包景点的门票。从来也没听说天上真的会掉馅饼的事，不敢相信是真的。我大胆地去尝试一下，在莒南县板泉镇大王刘庄村找到负责人，他就是莒南县尊老爱老爱心公益协会的党支部书记会长刘书收。我找到了刘会长，了解去旅游的事情，他告诉我，前几个月他们组织了三批，三百多名六十岁以上的老人，到了威海、烟台、蓬莱进行了三天两夜的旅游，一切费用不用老人花一分钱，有协会联系承担，所有的老人都很开心，他告诉我这次要去很远很远的地方，你们从来没去过的地方，可能你们连地名都不知道是什么地方。

刘会长告诉我这次要去的地方是春暖花开的地方，我就问，咱们这里都下雪了还有春暖花开的地方吗？他说是真的，我们这次要去云南西双版纳旅游，我一听还真的没听说过西双版纳在哪里。我了解情况后就立马报上了名，刘会长叫我回家准备夏天的衣服，短袖、短裤、短褂、身份证，就是没说叫我准备钱，我的心里就是一惊，真的是不花钱叫我去吗。过了两天通知我，让我在 2020 年 12 月 6 日中午在尊老爱老协会办公室门口集合。坐上旅游大巴车，一路到临沂飞机场，看见那高大的飞机场大楼，我心里非常兴奋，心里在想感谢感谢再感谢。

这是我小时候的童年梦想成真了，在我小时候就只听说有飞机，我没见过，在这祖国强大的年代里我们在田地里干活的时候听到飞机的声音，抬头看看飞机在天上飞，可不知道飞机是多大多小。我们在飞机场候机楼上看见临沂飞机场上一架一架的飞机在起飞降落，心里也迫不及待地想到飞机上赶快飞上天空。两小时后登机开始了，我排队走进了飞机，在起飞的这一刻心都跟着飞机飞起来了，咚咚地跳，飞机穿过云层，我朝下一看就像飘在海洋上一样，云层又像雪山一样。我在想，我这六十多年的梦想真的实现了。

青山绿水花的海洋，人间一片仙境。我们到了西双版纳，这八天的旅游行程，看遍了云南西双版纳的山山水水，看见了在电视里所看到美景，还有电视里看不到的景色都看到了。我在西双版纳看到了多民族的服装，多民族化的食物，多民族的舞台风景，真是眼花缭乱；看到了祖国的边境线，一眼望去那就是越南，一眼望去那就是老挝，一眼望去那就是缅甸，一眼望去那就是金三角。

祖国的大好河山我来了，开心快乐的每一天，感谢党的政策好，感谢尊老爱老爱心公益协会志愿者，给我们这些老年人免费安排了做梦也没想到的旅程，能坐上飞机穿越蓝天实现八天七夜的旅游梦⋯

难忘的旅程

刘继峰

我叫刘继峰，河东区汤河镇大坊坞村村民，现年74岁。

2020年7月16日，听说莒南县尊老爱老爱心公益协会又组织第二批全免费旅游，听说上一次旅游，吃饭、住宿、车票、景点等所有旅游的费用都不收钱是真的，我也七十多岁了，也就大胆地报了名。

报名的157人，用三辆旅游大巴车拉着去烟台、威海、蓬莱。我们一起去的都是60岁以上的老年人，他们也都是听说上次旅游吃得好，住得好，玩得开心，一分钱不花，又能走出家门，欣赏从来没有见过的美景，看看外面的世界。因此，报名的人积极踊跃，都想出去走走看看。

协会的志愿者们热情耐心地服务，周密细致地照顾，严谨全面地组织，让我们这些平时在家中围着锅台转，围着孩子们转的老娘们儿、老爷们儿都很不适应，很不好意思。行程中那些具体的细节小事都考虑得太周到了。从吃饭、住宿，到参观、游玩都想得很周到，没有出一点偏差。吃的饭真是连见都没有见过，确实是山珍海味，海货大虾等海产品应有尽有。住宿宾馆安排得温馨舒适，环境优美，被褥干净，服务周到，真正使我们享受到了当贵宾的感觉。

旅游中的景点都是经过精心安排的，都是一些著名的景区，自然风景优美，建筑古朴典雅，真的是人间仙境，世外桃源，让我们大饱了眼福。是我做梦也想不到的。

三天的旅游结束了，回程中，大家依然是笑声不断，谈笑风生，说不完的心里话，表达不尽的感激情，真正地感受到了做体面人的尊严。

在刘书收会长的安排下，莒南县尊老爱老爱心公益协会做了这么一件让我们参加旅游的人都非常高兴的大好事，让我们圆了旅游梦，享受到了旅游的快乐，感受到了生活的美好。我们热切地盼望着，期待着能有下一次的旅程。

我太感谢尊老爱老协会做出的这一善举了，而且做得又是这样的完美，让我们感觉到他们真正是我们的亲人，再次地感谢他们。谢谢！

爷爷激励我做一名合格的志愿者

时李霞

"脚下有土，心中有光，一份爱心，一份温暖，传递四方。"我叫时李霞，1975年出生，是莒南县交通运输局一名女职工。

我从2013年开始参加民间自行组织的公益活动的，从最初捐一元的社会公益，到参加看望贫困老人、残疾人。那时总感觉社会需要捐助的人太多了。因孩子小，我只能断断续续地参加活动。直到2015年参加新城志愿服务活动，走进学校，走进敬老院，成为业余公益活动的志愿者。2018年6月21日通过"山东志愿服务网注册志愿者（中国志愿者）"，2018年加入莒南县尊老爱老爱心公益协会，我开始了规范的志愿服务。

是我爷爷不断激励，让我成为一名合格的志愿者。我爷爷叫时汉文（1924年3月——2021年12月9日），是支前模范。爷爷18岁参加抗日游击队，先后任生产组长、生产队长、区民兵连长。参加了多次战役的支前工作，将大量粮食、弹药等军需物资运往前线，将伤病员送到后方救治，多次获评"支前模范"，是沂蒙老区踊跃支前的典型代表。2015年，爷爷受邀到北京光荣参加中国人民抗日战争暨世界反法西斯战争胜利 70 周年纪念大会。

莒南县尊老爱老爱心公益协会在每年的八一建军节都来看望他。爷爷在 2021 年离开了我们，他生前多次和我说："你要像刘会长他们那样，在社会上多做好事、善事。"老人家的事迹和对我的教导，始终鼓励着我。

在会长带领下，我们志愿者每到七一建党节、八一建军节、春节等，都不定时看望走访慰问。我们走访慰问百岁老人、抗战老兵、支前模范、解放前老党员、贫困老党员；我们走进县区镇敬老院看望孤寡老人 3000 余人、留守儿童 200 多人。每次看望走访慰问，他们都会紧握你的手不肯放下，说："共产党领导得好，吃水不忘挖井人。"他们默默流着幸福喜悦的泪水，感受到来自社会大家庭的关心和关爱。每年九九公益捐活动，我除了参加单位组织的奉献一日捐，同时也参加我们协会组织的慈善一日捐活动。疫情三年，我自愿报名参加共同战"疫"活动，同"疫"服务志愿服务。 加入慈善公益协会以来，我忠实践行"奉献、爱、互助、进步"的志愿精神，勤勉好学，爱岗敬业，默默耕耘，无私奉献，积极向上。

我经常在心里默默告慰爷爷："爷爷，您放心吧，您的孙女一定会继承您的遗志，积极无私奉献爱心。"

珍惜公益协会的每一分钱

唐德霞

一饭一粟当思来之不易,半丝半缕恒念物力维艰。公益慈善协会的每一分钱,都凝聚着捐献者的汗水与爱心,理应倍加珍惜!

我是一名会计师事务所会计,我叫唐德霞。我有幸被莒南县尊老爱老爱心公益协会聘为会计,并从 2018 年底开始参加志愿者活动。我们严格财务管理规定,财务收入支出报表严格按照财务管理标准入账;每年由会计师事务所审计,按照慈善组织章程、财务管理制度审核,进行年报;慈善组织有县民政局社会组织科和慈善科两个科室直接管理,制度严格,每年三至五月份计报上传。

几年来,我记下了大大小小的收入和支出,尊老爱老爱心公益协会收入的每一分钱,都用在了爱心走访贫困老人、残疾老人、百岁老人、抗战老兵和新中国成立前老党员等活动中。在这些年的慈善活动中,我看到刘书收会长的为人:既大方又小气。大方的是,在看望那些贫困老人的时候,买各种食品都非常大方;在自己的生活当中十分小气,自己不舍得吃不舍得喝。尤其是协会经常开骨干管理会，党支部月月开党员固定月学习会，同时也为了融洽关系，每次会议都是在他家吃点便饭，由他老伴下厨。

刘书收会长经常说：我们慈善公益活动，我虽然捐了许多钱，但是要记住一条，你的钱在你手里是你自己的，你捐到慈善协会了，那就是慈善组织用的，你就不能乱花一分钱！就要用在看望贫困老人等慈善活动上。其实，十几年来，他直接捐给尊老爱老协会的钱，有数十万元是用在了走访慰问那些活动中。只求默默奉献！

我作为尊老爱老协会的管家，我看到刘书收会长和他的团队，就是一心一意地为那些贫困老人、儿童等服务，没有一点私心。我也要做一名不怕耽误时间的志愿者，一心一意把财务管理好，为慈善事业发挥自己的一技之长，尽自己的微薄之力。

第九章　编织慈善祥云

编织乡村慈善五彩祥云

刘书收 口述　卢言学 整理

《论语·公冶长》载："颜渊、季路侍。子曰：'盍各言尔志？'子路曰：'愿车马、衣轻裘与朋友共，敝之而无憾。'颜渊曰：'愿无伐善，无施劳。'子路曰：'愿闻子之志。'子曰：'老者安之，朋友信之，少者怀之。'"

《论语·为政》载："子曰：'人而无信，不知其可也。大车无輗，小车无軏，其何以行之哉？'"

常言道：一言既出，驷马难追！诚信是一个人的基本素养，我们为人，最重要的是讲承诺、守信用。用老百姓的话说，就是：吐口唾沫砸个凹窝。

——题记

2020 年，我们尊老爱老爱心公益协会在一次会议上，谈论创新慈善模式：如何才能把慈善温暖送到老百姓的心坎上。大家议论纷纷，最后一致认为：许多农村贫困老人，一生没有走出家门，看不到外面的精彩世界；满足他们的精神需求，要比送他们米面更有意义。那年下半年，我们分四批组织来自临沭、河东和莒南等地，300多从未离开过家门的老人免费出去旅游。

开始，大家几乎都不相信还有这种天上掉馅饼的好事。

河东区汤河镇大坊屋村的村民葛绪慈说：我70多岁了，第一次听说出去旅游包吃、包住、包车费、包旅游景点等费用不要钱的事情，我真的不相信，我是抱着试一试的心态去的。心想：在一切向钱看的社会风气大环境下，不可能会有人愿意做这种赔本的买卖，肯定是欺骗老年人的套路。既然这么大力地宣传这是对老年人的关爱，又有不少的人愿意参加，再加上之前很少出门，也想出去看一看，走一走，也就将信将疑地报名了，但内心始终有一种不踏实的感觉。真的是不收钱吗？三天的烟台、威海、蓬莱旅游，真的是让我们开了眼界，享受到了高品位的生活；真正让我们感受到了生活的美好，体验到了做贵宾的感觉，让我们有了谈资。当第三天旅游大巴把我们一一送回家时，确实没收钱，我这才感觉到这真是人间大爱，给我们老年人圆了一个旅游梦。

2020年7月10日的第一批旅游老人安全顺利回家，这些从来没有离开过自己一亩三分地的老人，旅游期间几乎是欢呼雀跃。消息一传十，十传百，第二批报名的人特别多，我们又从中挑选157名老人，在2020年7月16日，分乘三辆大巴，开启烟台、威海、蓬莱之旅。之后，我们又于12

月6日、7日，分两批组织50名老人赴云南西双版纳旅游。

一位从没离开过家门的农村妇女许兰荣说："我是一个从锅台前到锅后的农村妇女，偶然一次机会，到了中国的南天边。2020年12月6日，我在临沂飞机场乘坐飞机直接到了云南的西双版纳，这一去就是八天，就像做梦一样，这八天的旅行是我六十年来从来没想过的，没想到我真的去了。到了西双版纳，就好像到了青山绿水，人间仙境。我看到了多民族的风情，男女老少舞姿翩翩，风景更是与我们这边不同，大冬天的，但那里却是山清水秀，花香蝶舞，就像看大戏一样。我要感谢莒南县尊老爱老爱心公益协会的志愿者们，免费带我们来到这里。"

谢天谢地，这四次旅游顺顺利利，300多老人平平安安。现在想来还有些后怕：万一有个三长两短……

我凭着自己朴素的感情，也做了一些慈善中的事。

2017年12月5日，我们到洙边镇东夹河村看望百岁老人孙义干。我们送去面条、点心等一宗慰问品，103岁的老人看着这些慰问品说："俺不要这个，俺要那个。"我想，老人家不要东西，肯定是想要钱，便掏出200元钱递到老人面前。老人连忙推辞："俺不要这个，俺要那个。""那个"究竟是什么？再三追问，老人才吞吞吐吐说："俺要酒。"看到老人渴望还有些羞涩的眼神，我无法拒绝。从此后，我们每年都给老人家送酒。我想的是：孝顺孝顺，不光要孝，还要顺；在不影响老人身体健康的前提下，尽量满足他们的精神需求。后来领导批评我说，酒是奢侈品，不能用作慰问。

为了广泛宣传，扩大影响，发展慈善志愿者队伍，我们从乡村走出来，走向广阔的社会舞台。"爱心之旅第269站"记载：2022年10月4日，我们尊老爱老爱心公益协会组织12支演出队伍，在莒南县文化广场演出。数来宝、腰鼓队、大秧歌……形式多样，精彩纷呈，上千观众笑声不断。

2022年10月16日，"爱心之旅第270站"，时值中秋季节，金风送爽，瓜果飘香。为庆祝党的二十大胜利召开，我们协会积极参加"喜迎二十大，百社进百村"主题活动。我们又在县城文化广场，主办别具一格的《中国龙》表演，临沭空竹协会舞龙队、莒南百合家政志愿服务舞蹈队、刘静姐妹健身志愿舞蹈队等参加了演出。现场气氛热烈，掌声阵阵，喝彩不断。龙腾盛世，炫舞中华，吉祥的"中国龙"舞出了人民心中的喜悦和豪迈！

我初中上了三个月便辍学，成为我终生的遗憾。我羡慕读书的美好，我深知知识的重要。我爱孩子们，我想：乡村振兴、国家富强的路上，孩子们一个都不能少！

2022年6月1日，我把20名贫困儿童领到我家中，有20名志愿者陪同，他们唱歌、讲故事、包饺子，欢欢喜喜过孩子的节日。午饭后，又到超市给孩子们每人买了一套衣服，回家后在我家杏园摘杏。这些孩子特别开心，粉红色的笑脸和金黄色的杏子相映成趣，构成乡村独有的美丽画卷。

2022年8月9日，我们协会参加"百花齐放，百团开营"手牵手圆梦行动，陪孩子过一个快乐开心的夏令营活动。志愿者们为30名贫困孩子分发蛋糕，然后，全体志愿者手握拳头重温誓词。各种集体活动丰富多彩，有团队运水、无敌风火轮、感恩演讲等，通过活动，在每个孩子心中种下爱的种子、善的种子、良知的种子、感恩的种子和希望的种子。我们衷心希望这种大家庭的爱心能持之以恒传递下去，更希望每一个孤困儿童都能在充满爱的环境中健康快乐成长。

2021年8月13日，我们为全县67名贫困学生送去电风扇，让他们享受三伏天的一丝凉爽；10月2日，我们为莒南星光启智学校50名学生送去棉被，使他们在三九天能得到温暖……我们的能力很微小，但我们却尽心尽力去做。

传承榜样精神，凝聚前行力量，2022年6月30日，由沂蒙精神传承促进会、共青团临沂市委、临沂日报社主办的"平凡之光"年度人物颁奖典礼，在临沂大剧院隆重举行。我很荣幸被评为"平凡之光"年度人物。我还记得当时激动人心的颁奖词：那些平凡的人和平凡的岗位，那些普通人的奋斗和担当，那些迎难而上的抗争和不懈的进取，无不闪耀着沂蒙人奋斗的光辉，充满生机和力量！

十年来，我的"平凡之光"奖金，"十大沂蒙孝星"等所有奖金，都悉数捐赠给了公益事业。

公信力是中国慈善事业最绕不开的话题；如何取信于公众，取信于社会，是慈善事业发展的关键。尤其我们这种最基层的民间社会组织。

我们板泉镇是中国柳编之乡。沭河清澈的河水，浇灌成千上万亩郁郁葱葱的杞柳，沭水岸边心灵手巧的村民，用智慧编织生活与梦想。

漫漫十年，我们公益协会则用汗水与心血，用良知与诚信，去编织乡村慈善的五彩祥云！

用慈善行动赓续革命精神

——刘书收带队看望新中国成立前老党员尤洪义老人

李 迪

七月的一天，过午了，刘书收和慈善协会的志愿者们奔赴在去往寨子村的路上。天上一丝云也没有，太阳火辣辣的，照在皮肤上有些刺痛。路上空荡荡的，路面热得好像要蒸腾起烟来。庄稼地里也没有人，人们都让这热天给赶回家躲清凉了。

志愿者小张抹了把汗，说："刘会长，休息一下吧。"刘会长说："还有几家，走完了再说。"小李接话说："刘会长，天太热了，你年纪大，不要给累得中暑了。"刘书收说："不打紧，坚持一下。"

一行人继续驱车前行。

在车上，小张问道："刘会长，下一个咱们去看望的是谁呀？"刘会长说："前面是到尤洪义家，这可是新中国成立以前的老党员呀，她是1929年出生的，现在有94岁了。他们家可是个红色革命家庭呢。咱们板泉党支部是莒南县第一个党支部，建立时间比较早，1932年就成立了。她的父亲、母亲、哥哥都是党员，她是家里的老小，从小就和那些儿童团员一起，扛着红缨枪，站岗、放哨、查路条儿。1945 年淮海战役的时候，尤洪义才 16 岁，她跟着父亲和大哥到后方抬担架，救助伤员。淮海战役归来，尤洪义成了识字班班长、生产队队长，组织带领村里的妇女，白天站岗放哨，晚上做军鞋、军衣、纳鞋底，眼睛因为熬夜落下了眼疾。经过多重考验的尤洪义，16 岁就成了一名共产党员，1946 年 1 月成为张家官庄村的最年轻的女支部委员。1954 年尤洪义嫁到板泉镇寨子村，做妇女工作，一干就是 30 多年，是个真正的老革命啊！"

说话间，寨子村到了。刘书收会长与志愿者们带着慰问礼品，穿街走巷，熟门熟路，走进一个小巷子。小张有些惊讶："刘会长，这个路不好找，你怎么这么熟？"刘会长微微一笑："这些老人家就像我的亲爹亲娘，到自己的爹娘家，能不熟吗？"

走进一道门，是个普普通通的庄户人家的院子，却收拾得干干净净、清清爽爽。刘书收踏进门来，看见一个老人正坐在沙发上，喊了一声："娘，我来看看你老人家了！"老人抬起头，笑了："哎呀我的儿，这么个大热天的，你怎么又来了？"刘书收放下手里的东西，拉着老人家的手，亲热地说："这不是惦记着您老人家吗，我来看看你老人家身体可好？"娘儿俩拉着手说不完的话。

尤洪义老人家虽然有点瘦弱，却依然精神矍铄，志愿者小张觉得一股敬佩之心油然而生，说："老人家，我听刘会长说您 16 岁就去抬伤员，你不害怕吗？"老人家说："我爸爸和大哥去的时候，我也要去，他们也说我小不让我去，说枪子不长眼，问我怕不怕牺牲。我说我不怕牺牲，费了好多口舌才答应让我去。去了一看，从战场上抬下来的战士，一个个血糊糊的，都哎吆哎吆的。那时候哪里还有时间害怕，得快点救人啊，咱得抬上担架快点跑，早一点到卫生所就早救一条命，多抬一趟就多救一个人。人家战士为了革命流血牺牲，咱出点力有什么好怕的。"

小张张大了嘴直点头，又问："你那么小就入党了，那时候干革命不容易吧？"老人家说："唉，是不容易啊。有一年夏天，党员在村北的沟里秘密集合开会，国民党突然进村扫荡，大家都跑不出去了。眼瞅着国民党快搜过来了，正好旁边种了一大片藕田，荷花叶子长得高，又密密麻麻的，大家只好都躲进村藕汪里。藕汪里都是淤泥，淤泥里都是疙疙叮，叮到人身上就开始吸血。国民党在村里搜人呢，谁也不敢动。过了一天一夜国民党才走，大家从藕汪里出来，腿上全是疙疙叮。"

小张问："疙疙叮是什么？"刘书收看了他一眼："就是水蛭。"小张头皮发麻，半天回不过神来。老人家笑了："没事，小伙子，你看现在日子不是越来越好了吗？也不怕鬼子来杀人放火，也不怕国民党来打家劫舍，家家户户大房子住着，吃得饱穿得暖，都是共产党领着才过上了好日子。我有五个闺女两个儿，每家都有当兵的，我跟他们说，好好保家卫国，老百姓才能过上平平安安的日子。"

刘书收紧紧拉着老人家的手，说："多谢你们这些老革命和新战士，才有今天的幸福生活。我每次来都很受鼓舞很感动，我不仅是来慰问老革命的，更是来接受革命教育的。"

从尤洪义老人家出来的时候，红霞满天，刘书收会长和志愿者们感到心里充满了力量。

（李迪：莒南八中教师，看望新中国成立前老党员慈善行动随行人，爱心人士）

最有意义的"抖空竹"表演

李建英

我是临沭县的退休职工李建英，是我们"抖空竹"团队的主要成员；作为非物质文化遗产项目，我们经常外出表演，我们还在省里比赛中拿过奖呢！但我觉得，最有意义的一次"抖空竹"表演，是在抗战老英雄、百岁老人林九席的家里。

2013年9月6日，我参加临沂最美夕阳红慈善协会成立庆典。听了刘会长的讲话非常感动，他说："咱们现在的生活虽然好了，但是社会上还有很多需要帮助的人，这个协会是自家爷们儿自筹资金成立的。"我深受感动，从此我就成了协会的一员，多次参加协会的爱心活动。每次活动，刘会长都亲自开车来临沭接送我们。

2015年秋天，我们去莒南县板泉镇渊子崖村看望一位老英雄。我们临沭这几名志愿者，都是抖空竹、打花棍的高手，我们给百岁老人老父亲林九席老人表演节目，在他家院子里抖空竹和打花棍，老人感到非常开心和高兴。老人说我这些年也没出去玩过，我年龄大了哪里也不去就在家里，今天你上门为我表演节目这也是我今生难忘的一件事。老人握着我们的手亲切地说："感谢你们让我这么开心。"渊子崖村里的领导干部跟我们讲："渊子崖保卫战，当日本鬼子进村时，我们村里的男女老少齐心协力全上阵，林九席就是其中一个。他被日本鬼子刺了四刺刀，差一点死在了日本鬼子的刺刀下。当时全村人和日本鬼子拼大刀，拼长矛，镢头铁锹全上阵。有一句俗话：打仗亲兄弟，上阵父子兵，全村老少兄弟爷们齐心协力和日本鬼子拼命地打了一仗，当时全村伤亡也很大，感谢当时的区公所助力，后来八路军及时地到来支持，打败了日本鬼子。"

我们所有志愿者人人都把村干部讲的革命故事记在心里。我们的刘书收会长看见林九席老人就喊："老父亲我来看您来了！"就像他的儿子一样问长问短。东西带的那个全，有大米、白面、白酒、点心，还有冬天取暖用的煤球都带上了，在场的人都感动得竖起了大拇指。

我们在老英雄家里抖空竹、打花棍，就成了我记忆中最有意义的一次表演。

我是刘书记的一名老兵

王金波

我叫王金波，中共党员，系板泉镇大白常村人。退伍后通过考试当上了村里的会计，于2005年在大王刘庄村任会计；当时刘书收是村党支部书记。从跟随刘书记做会计，到今天做公益协会志愿者，算来二十多年，我是刘书记的老兵了。

退休后，我得知刘书收书记早已搞起志愿者协会活动，于2019年在刘书记的带领下和他事迹的鼓舞下，加入了志愿者协会。近几年来，在刘书记的带领下，我们走访了莒南的各个角落。每逢八一刘书记带领我们看望抗战老兵，"九九"重阳节看望百岁老人，七一看望新中国成立前老党员，以及孤儿等一系列活动。

记忆最深的是"八一"去莒南县小文山后村看望抗美援朝老兵，听老兵讲述抗美援朝时的英雄事迹。在抗美援朝老兵家，我们看到他在战场上的老照片：双腿打着绷带，扛着枪，非常有气质，有精神。他跟我们一起去的五个志愿者讲："在战场上的那种战斗场景下，根本就没有想到还能回家，到现在就不敢想战场上的那一幕呀，我们的连长、营长都牺牲了，我们一连活下来的仅有十人，其他战友都留在朝鲜战场上了；我能活着就很好了，但是晚上睡不着觉的时候我好想那些牺牲的战友……"他讲得仿佛历历在目，我们在场的志愿者都流出了眼泪。

每年的八一建军节，"九九"老人节和七一党的生日，刘书记和我们都一起给那些为党为国家做出贡献的老人，送去米、面、油、饼干点心、被褥等物资。在莒南这块辽阔的土地上，刘书记撒下爱的火种，我们的志愿者队伍不断扩大。

我们坚决拥护以习近平同志为核心的党中央，励志前行。坚决紧跟刘书收会长，给抗战老兵、老党员、百岁老人、贫困孤儿等人一个更好的服务，将中华美德发扬光大！

社区文明建设的受益者

史 峰

在炎炎夏目的一个早上，我们作为莒南县尊老爱老爱心协会的志愿者，踏上了看望滨海社区百岁老人陈兆兰的旅程。滨海社区位于莒南县城中心，是本县最为繁荣的社区之一。社区的文明事业和文化建设取得了丰硕的成果，不仅配备了丰富的文化设施，还经常举办各种文化活动，为居民提供了丰富多彩的精神生活。在十字路街道滨海社区社会经济、文化事业、敬老事业的发展成绩如同社区的名字一样，如诗如画，令人瞩目。

这片土地上，工业繁荣，商业兴旺。随着时代的发展，滨海社区不断焕发出新的生机和活力。生产线上的产品不断更新换代，商场里的商品琳琅满目，满足着居民日益增长的消费需求。滨海社区的多元化经济格局，不仅带来了经济的繁荣，也推动了社区的可持续发展。滨海社区注重传承和弘扬优秀传统文化，举办各种文化活动，推动文化创新。社区内的图书馆、博物馆、艺术中心等文化场所，如同一颗颗璀璨的明珠，闪耀着知识的光芒。在这里，居民们可以品味诗词歌赋，欣赏书画艺术，感受传统文化的魅力。文化的繁荣发展，为社区注入了源源不断的活力。

滨海社区的敬老事业同样取得了显著成绩。社区多措并举为老年人提供了舒适的居住环境、优质的医疗服务以及丰富多彩的文体活动。与敬老机构对接，积极慰问看望老人，不仅体现了社区对老年人的关爱和尊重，也推动了社区的和谐发展。他们不仅定期走访老人，还为老人提供了各种便利，如建立老年人活动中心，为老人提供休闲娱乐的场所；开展义诊活动，为老人提供健康服务；组织文艺表演，为老人带来欢乐。这些细节，无不体现了村委会对老人的关爱和尊重。在这里老年人可以安享晚年，尽情享受天伦之乐。滨海社区的发展成绩，离不开居民们的辛勤付出和外地人才的贡献。在这里，我们看到了一个充满希望和活力的现代社区，也看到了人们对美好未来的憧憬和追求。

听闻陈兆兰老人是社区的百岁老人，我们都迫不及待地想一睹她的风采。当我们见到她时，我们被她那平和的气质和乐观的心态深深吸引。她告诉我，长命百岁的秘诀在于一颗平常心，不以物喜，不以己悲，才能长寿。她还分享了许多助人为乐的经验，让我深受启发。陈兆兰老人有一种看透世间百态的睿智和从容。她的子女们也总是围绕在她的身边，关心备至，如同对待一件珍宝。他们的言谈举止中透露出对老人的敬爱和尊重，让人感受到一种家庭的温暖与和谐。

陈兆兰老人的子女对她的照顾无微不至。他们不仅在生活上照顾得尽心尽力，还经常带她出去旅游，让她领略外面的世界。看着他们一家其乐融融的情景，我不禁想起了自己的家人，也感叹着能有这样一对孝顺的子女是多么的幸福。在她家里，我们看到了一幅家庭和谐助老的情景。陈兆兰老人的闺女，也是一位老人，正为她母亲按摩、捶背、陪她聊天。

社区妇联主任林祥花陪同我们一起去看望陈兆兰老人，我们为老人送来了慰问品，林主任详细询问了老人的生活情况和身体状况。这一幕让我感到无比温暖和感动，也让我深刻地认识到，尊敬和关爱老人，社区的干部们做得很细腻很到位。林主任介绍，滨海社区的文明事业和文化建设，不仅为年轻人提供了发展的舞台，也为老年人提供了舒适的养老环境。大家都应该珍惜这个时代给予的机会，为老年人的养老生活贡献自己的力量。

陈兆兰老人在自己的晚年生活中，充分享受了社区文明建设带来的幸福和快乐。陈兆兰老人的幸福晚年，归功于社区文明建设的成果。在滨海社区，不仅配备了丰富的文化设施，还经常举办各种文化活动，为居民提供了丰富多彩的精神生活。社区的居民们也充分享受到了社区文明建设带来的好处。社区内的文化场所、商场、医院等设施一应俱全，为居民提供了便利的生活条件。滨海社区的文明建设为老年人提供了舒适的养老环境，社区的和谐发展，为居民们带来了幸福和安康。

随着社会的不断发展和进步，我们越来越能够感受到全社会对老龄化问题的关注和重视。作为一个社会的重要组成部分，老年人的生活和幸福感关乎整个社会的和谐与发展。

在过去的几年中，我们见证了滨海社区在文明建设和社会和谐发展方面所取得的显著成绩。这些成绩的取得，离不开社区居民的共同努力。其中社区在敬老事业方面所取得的成就，更是让人感到欣慰和感动。这些关爱和关注，不仅让老年人感受到了社会的温暖和关怀，也让我们看到了社会对老龄化问题的重视和关注。

我们应该感到欣慰的是滨海社区的发展成绩让我们看到了一个充满希望和活力的未来。在这个未来，我们将继续关注和重视老龄化问题，推动社区文明建设和社会和谐美满发展，让更多的老年人能够享受到幸福和安康的生活。让我们再次表达对全社会关心社会老龄化的欣慰之情。让我们携手共进，为社会文明建设和社会和谐美满发展贡献自己的力量，让老年人能够享受到更加幸福和健康的晚年生活。

我们应该珍惜这个时代给予的机会，为社区的文明建设和和谐发展贡献自己的力量。陈兆兰老人的幸福晚年，是我们学习的榜样和追求的目标。让我们一起为滨海社区的文明建设和社会和谐美满发展贡献自己的力量，让更多的人享受到幸福和快乐——莒南县尊老爱老爱心公益协会，也会尽自己的微薄之力，把我们的爱心汇聚成社区文明建设的涓涓细流……

外面的世界真美好

王洛芹

我是一名下岗职工，我叫王洛芹。我从小到大也没离开过莒南，小的时候家庭很穷，兄弟姐妹多，长大了我在供销社上班。形势在发展，政策在改变，取消公有制，我就成了一名下岗职工，这些年来在家成了一名家庭主妇，里里外外照顾自己的家庭。

2020 年 12 月，突然听到一个好消息，听说莒南县尊老爱老爱心公益协会，全免费组织社会上 60 周岁以上的老人去旅游。听到这个消息我不敢相信，又通过朋友了解了一下情况。朋友说，今年 7 月刘会长就组织河东的、临沭的，还有咱莒南的三县交界处的六十周岁以上的老人 313 人，分三批去威海、烟台、蓬莱阁进行三天两夜的旅游，所有费用由尊老爱老爱心公益协会联系承担，去旅游的老年人不花一分钱。当时报名的时候也有人在想，哪里有这样的好事，没有天上掉馅饼的事，经过去旅游的老人回来一说，才知道这是真实的，老人只拿好自己的身份证，带好自己的衣服，其他的一分钱也不要带。通过了解证实，我大胆地报了名。我从小到大也没出过远门，更没坐过飞机，听说这次连飞机票都不用自己买，心里无比高兴。

12月6日我们第一批去云南西双版纳旅游的人员在莒南县板泉镇大王刘庄村的"中国海油加油站"集合，由会长联系的旅游豪华大巴车来接我们，直接去临沂飞机场。我们在临沂飞机场航站楼上等待坐飞机，这个时候真的看到了一架一架的飞机在起飞和降落，那一刻我就盼着自己能快一点到飞机上坐一坐。时间很快，广播间里传来了去云南的旅客准备好登机了，我快速排队登上了飞机，空姐帮忙找到了座位。在飞机起飞的那一刻，我的心都快要跳出来了；几分钟后飞机平稳地飞起来了，就好像坐在家里看电视一样，真的看到了天上还有天，云在眼前飞的情景，那是这辈子第一次坐飞机，说句实话是我做梦也没有想到的事。

好事连连还在后边，我们在天上不知不觉三个多小时过去了，来到了云南上空飞机逐渐下降，通过飞机的舷窗看到地面上的大小城市，看到了云南的山山水水。下飞机后又有旅游豪华大巴车带着我们一路边走边看来到了西双版纳。我们第一站看了大象表演节目，住宿吃饭都在豪华大酒店。在八天的行程里，看了采茶姑娘和茶艺表演，热带雨林风景独好；孔雀山庄，上百只孔雀在表演；多彩的少数民族舞蹈在表演，风格独秀，穿着服饰令人眼花缭乱。我们一起去参加火把节活动，夜间的火把节灯光迷人，开心快乐兴奋得我一夜没睡觉。我们来到了中国的南天边湄公河畔，朝南一看多国交界，看到了世界多国的风光，知道世界真大。

外面的世界真美好。南方气候多变，风景非常好，我见了世界，开了眼界，非常感谢公益协会为我创造了走出去看世界的好机会，看到了南国的好风光，让我永生难忘！

为慈善事业提供法律保障

刘部队

　　2013 年 9 月，临沂最美夕阳红慈善协会成立（以下简称慈善协会）。成立慈善协会的初衷是我三叔刘书收的想法，他是我们家族中德高望重的长辈，是我们村里数一数二的大孝子，也是我们家族学习的榜样，更是我们家族的骄傲。俗话说一枝独秀不是春，百花齐放春满园，在他的爱心、孝心和苦口婆心的劝说和促使下，我们的大家庭以及社会各界慈善友好人士共计 300 余人先后加入了慈善协会，我作为家族中的一分子，自然义不容辞地乐意为慈善事业提供无偿的法律宣传和法律服务。

　　临沂最美夕阳红慈善协会后更名为莒南县尊老爱老爱心公益协会，并于 2018 年 10 月经莒南县民政局登记注册，2023 年 4 月 28 日，莒南县慈善总会将慈善协会选举为理事单位和副会长单位，这是对慈善协会的首肯。

　　2013 年 9 月至今，我作为慈善协会的常年法律顾问，为慈善事业提供了有力的法律保障，让自由、平等、公正、法制的精神发扬光大。同时也见证了慈善协会十年来的酸甜苦辣，他们风雨无阻、日夜兼程为社会献爱心。

在刘书收、刘书利、刘厚坊、刘书习、刘景阳等人的助力下，十年来，慈善协会共计向社会捐赠款物 150 万余元，走访慰问活动举办了 280 余次，行程数十万公里，为残疾人、孤寡老人、百岁老人、老党员、贫困户、困难学子、抗战老兵等 6000 余人进行了献爱心慰问活动，得到了临沂市慈善总会、莒南县慈善协会的大力支持和表彰，也得到了社会各界的一致好评。

慈善协会弘扬"奉献、友爱、互助、进步"的志愿者精神，将志愿服务活动常态化，并且呼吁更多爱心人士加入志愿者的队伍中来，努力将文明新风吹遍沂蒙大地。助力慈善事业，我们一直在行动。

我们坚信在爱国、敬业、诚信、友善精神的引领下，社会的发展也一定会更加富强、民主，文明、和谐。

（刘部队，男，中共党员，现任山东隆泰律师事务所初始高级合伙人，工会主席，副主任，临沂市律师协会纪律委员会副主任，临沂市新联会律师专家团副团长，临沂市人民政府、临沂市慈善总会等单位法律顾问专家团成员、莒南县尊老爱老爱心公益协会常年法律顾问。曾先后荣获临沂市优秀律师、临沂市优秀共产党员、临沂市优秀慈善志愿者、临沂市践行沂蒙精神好律师等荣誉称号）

第十章 成就慈善人生

蹒跚脚步丈量慈善人生

刘书收 口述　卢言学 整理

《法华经》载："以一灯传诸灯，终至万灯皆明。"

此禅语源出故事：一天夜里，法惠禅师外出晚归，云彩遮住月亮，天色昏暗；再行至前方，发现有一丝光亮，有人提着灯笼缓缓走来。旁边的路人出声："这盲人真是奇怪，晚上出行老是提着灯笼。"法惠禅师感到奇怪，上前询问盲人是否真的眼盲，盲人回答："自己虽然看不到，但夜间带着灯笼出行可以照亮别人。"法惠禅师感叹盲人心地善良，为他人着想。正所谓利人者即利己，眼盲者心不盲。

——题记

十年慈善，百味人生。

2016 年 5 月 16 日，在一次公益活动时，我的腰椎间盘突出突然加剧，疼得厉害，直不起腰来。看着我满脸豆大的汗珠和抽搐的表情，志愿者强行把我抬回家。随后，家人把我送到北京解放军总医院，在那里做了腰部手术，住院一个多月；回家又在床上养病三个月。有病的半年时间里，我躺在床上给我们协会领导班子开会，用电话遥控指挥志愿者开展活动。有时不能亲临现场，我常常在家里急得跺脚掉泪。

2018 年的开春，根据上级要求，我在完善协会注册手续，由"最美夕阳红公益协会"变更为"莒南县尊老爱老爱心公益协会"，每天来往于我村和县城之间。此时，我年轻时脚踝骨损伤的老病又犯了，疼得走不了路，暂时停止了办理慈善手续。4 月 3 日去济南山东大学二院检查，是脚踝骨骨头坏死。住院一个月，对坏死骨头进行了换骨。回家静养三个月后，我又拄着双拐到县民政局社会组织科，继续办理完善慈善手续……

这两次大的手术，使我元气大伤。至今，我走路都是一瘸一拐，严重时需要拄着拐杖。人家同情我，我便笑笑：这样走法，很适合高低不平的山村小路。

这点病痛算什么！比起那些百岁老人的期盼，比起那些贫困儿童的希望，比起各级领导的殷切嘱托。

2017 年九九重阳节前三天，我接到了一个电话，是临沂市慈善总会的一位领导打来的。他问我："你是叫刘书收吗？我说是的。你有一个组织叫'临沂最美夕阳红慈善协会'吗？"我又说是的。这位领导通知我："市慈善总会叫我和你联系，九九重阳节这天，你早上 8 点前到临沂经济技术开发区会展中心 2 楼开表彰大会，不能迟到。"

在这次会议上，市委书记王玉君握着我的手，拉家常一般对我说："你今天来开会是非常荣幸的，今天上午是表彰你们这些好心人；你看看你手里拿到的荣誉证书是多么光荣，是多么光彩，等到你的孙子重孙子长大了，看到他爷爷他老爷爷做的好事多么高兴。"当时我被市委书记说得脸都发红，我说俺做的这点小事和人家比太小了，今天上午来开表彰大会真的丢人。市委书记又问我多大岁数了，我说 62 岁了。又问我这些年捐了多少钱。我说这几年捐了不多，十几万吧。问我干什么的，我说我是农村的。他拍着我的肩膀说，60 多岁的人捐了这些不少了，你不能和那些企业家比，他们一年能挣十个亿，捐一个亿多吗？你是农村老人，捐了这些真的很好了。他又鼓励我好好干，争取每年都来临沂开会。随后，临沂市慈善总会徐福田会长又对我说："咱们的市委书记都表扬你了，有时间来市慈善总会办公室咱们多交流。"从这一天起，我的心里就更有了做慈善的信心。

我这一瘸一拐的人，在 2017 年里，竟然被评为"扶残助残爱心形象大使"和"临沂市慈善之星"。

当然，也有非常辛酸的事情。自古以来"同行是冤家"，都说天下慈善是一家人，我没想到在慈善这条路上，真的也有冤家。由于我们是社会组织，是地地道道的农村人，经常被别人怀疑看不起：你老刘做慈善目的是什么？个别领导甚至讽刺挖苦：你有什么本事做慈善？好像我们抢了他们的风头。这时，我常常心酸，甚至老泪纵横……只有自己宽慰自己：我本来就是一个农村老百姓，出身卑微，做慈善也要老老实实低人一等。

还有的朋友不理解。前几年遇到了我们一起在村里当支部书记的老朋友，他拽住我，开口便说："老刘你有病啊。"我当时一愣，我说："我没有病啊。"他说："我看你有神经病，我们天天感觉挣钱不容易，你怎么天天撒钱啊，你是傻呀你是愣！"

2019年11月30日，由国务院国资委信息中心指导、由企业管理杂志社、企业观察报社主办的主题为"财富与责任——企业的价值"论坛在北京万寿宾馆举行。论坛集中发布了2019中国企业慈善公益500强和2019中国慈善公益企业家、中国慈善企业扶贫100强3个榜单，同时发布2019中国企业慈善公益500强分析报告。国家部委有关领导、联合国机构官员、专家学者、媒体记者和为我国公益慈善事业做出突出贡献的企业家代表应邀参加论坛，一起共谋中国企业持续健康发展和慈善公益事业的美好明天。这是一个开创性的举动，一个标志性的行为。它使全国的百姓看到了中国公益事业的蓬勃发展，它也引领了中国企业向好向上向善的潮流。与会企业用对社会发展负责任的担当，推动了社会公平，关爱了弱势群体，提升了公益机构的水平，传播了优秀的中国传统文化，使企业家的慈善责任成为中华民族发展的不竭动力。

我被授予"2019中国公益慈善500强"荣誉称号，并做大会慈善公益经验介绍。来自沂蒙山区最普通的农民，站在了祖国最高的领奖台！

我本来大字不识几个，让我发言，怎么办？只好"赶着鸭子上架"。我说：

尊敬的国务院国资委领导、企业管理杂志社、企业观察报社、中国企业慈善公益论坛组委会的领导和各位专家，感谢你们在北京给我们设了一个交流平台，这为我们相互交流、相互帮助、相互学习提供了一个非常好的机会。我做了那么一点公益小事，你们却给我这么高的平台和这么高的荣誉，谢谢领导，谢谢你们的支持鼓励。

我是山东临沂人，我叫刘书收，今年63岁，我有一个加油站，我在村里担任党支部书记、村委会主任，2008年退休，2013年，成立了莒南县尊老爱老爱心公益协会。为什么成立慈善公益协会呢，一是由我爷爷说起。我爷爷20世纪40年代在村里当村长，经常组织村民给八路军、新四军送军粮，在送军粮过程中差点死在半路上。在新中国成立后他遍行善事，在我们当地至今还流传着我爷爷行善的故事；二是我的老母亲经常给我讲，在战争年代，在我们沂蒙山区，打鬼子除汉奸，男人儿子都上战场，他们大多都牺牲了，家里还有女人在后方推磨烙煎饼支援前线，也要去战场送干粮、送弹药、抬担架，能活着的人，都是受罪过来的。我想我们生在红旗下、长在红旗下，在党的培养下过上了好生活。有着这样的幸福生活，我一定要为那些在战争年代受过罪的百岁老父亲、老母亲送上党的温暖……

我用饱含泥土味的家乡话，动情地讲着我们慈善协会的故事。没想到，我的发言打动感染了听众的心，给了我十几次热烈的掌声；与会领导还评价我："传递了大爱沂蒙的红色情怀与善孝基因，彰显了沂蒙企业慈善公益的力量！"

　　十年里，六十多万公里。我蹒跚着走遍莒南的大街小巷，跑遍沂蒙山山水水⋯⋯

沂蒙爱心使者刘书收的心路历程

史　峰

第一节　缘起：积善之家必有余庆的信念

但行好事，莫问前程，这是人生的一种态度，也是刘书收可以持久地从事慈善事业的信心支撑。

毛主席说过，一个人做一件好事不难，难的是一辈子做好事。出生于板泉大刘王庄的刘书收就拥有把一件件好事，串联成一辈子做好事的处世经历。他从最早的乡村懂事娃娃，到庄上青年人的好榜样，再到党员、村支部书记、乡村企业家、沂蒙慈善家，这一路走来，做过的好事千件万件，但每一件事情都与"善"关联。刘书收在施善播爱的过程中，渐渐觉悟了"积善之家必有余庆"的哲理，认为个人家族的幸福美满一定是慈善付出的天意回报。

刘书收没有太多的机会读书，上到初中，硬是凭借自己的努力，通过各种各样的自学自修，提升了知识面，还读了《道德经》，并且可以从《道德经》里寻找到反馈自己善言善行的哲学内涵。比如他会跟儿孙们讲"上善若水，水善利万物而不争"。让自己的后辈们要像水一样居善地，心善渊，言善信，关键是予善仁。

儿孙辈也都信服刘书收的教导，特别是身教胜于言教的亲身示范，行无言之教，为无为之事，他把自己的家乡大刘王庄当成需要爱之入骨的"善地"。他以家乡为根，以爱家乡为荣，以为家乡父老乡亲们提供帮助和便利、积极解决乡邻的各种困难为己任。刘书收善地、善邻、善行，一家老小在乡间行有美德，言有谦和，助老助孤成为自觉践行的德修原则。他的家族内部和和睦睦，邻居里关系处得热情友好。

有时候，许多人会问及刘书收会长：十年慈善付出，失去了什么？得到了什么？

刘会长总是脱口而出：什么也没有失去，得到的太多，比如家里人知道敬老爱老，知道遵规守矩，事事平安祥和，没有人惹咱上火，没有人逼咱生气，这种日子最好，最踏实。刘书收会长的回答，就是《道德经》里"圣人不积，己以予人己更多，己以为人己更有"的案例与见证。

事实上刘会长的感慨里，正是积善之家必有余庆的景象。现在小孩子大多都是家里的小皇帝，甚至是太上皇。社会上"养不教父之过"的尴尬或悲剧时出现。

父子反目，亲朋成仇，美好的乡村旧秩序为什么变得如此不堪？就是因为许多人一门心思扑在"挣钱"上，而忽视了人伦秩序的建设，以及施善于他人的坚持。自私的种子从小就种在孩子的心田里，等他们长大了，就是"富贵而骄，其咎自遗"的后果。如果一个人的眼里只有钱，没有道德观，没了价值观，那么一个个家里的"小皇帝"，到了成年长大时就变成了社会的"太上皇"，胡作非为，一定会搞得社会混乱不清。

但是，走进大王刘庄的街街巷巷，却是处处和谐祥美的感觉。每个家族和睦温馨，全村人上下幸福团结。刘书收回家走在街头，遇到老者，会喊他："儿子，回家了。"青年人则喊叔、喊大爷，童子们兴高采烈地叫爷爷。

很显然，刘书收在村里被人家敬重，他一家"不争，愿意付出的慈善美德"被人们尊重。他用自己美好的家风，影响了大王刘庄和谐美好的村风。让这个沿沭水而居的沿河小村子，成为中国传统"乡贤文化"和"宗族美德"的一块绿地。

也就是说刘书收会长用"积善之家必有余庆"的家风塑造了全村人人积极向善、阳光助长爱老的良好村风。在现代社会里，要体会这种纯朴的家风和村风，可以落脚的地方似乎不是很多。建议大家到大王刘庄走一走，看一看，体验这里在刘书收的影响下，完整保存下来、传承下来的中华美德。中国二十四孝的故事，在临沂发生的有七个，刘书收的慈善行动，让他可以成为临沂孝文化享誉全国的新力量。关于这种力量存在的事实，有两件小事情可以见证：

第一件事，刘书收去他儿子家里，不用儿子、儿媳吩咐，他的孙子就会沏好茶水，倒在茶碗里端给爷爷喝茶。儿子也会恭顺地陪老父亲聊天说事，儿媳持家有道，是典型的贤妻良母。这种特别和谐的家庭关系，按说应该是中国家庭生活的常态，但是因为人伦秩序的破坏，已经不常在了！

试问一下，现在有多少个家庭的孙子会主动地、有礼地给爷爷沏水泡茶呢？还有多少家庭的儿子会恭顺耐心地陪老爷子说话呢？在大王刘庄的村里这种现象比比皆是。老人贤，子孙敬，上行下效，刘书收的品格和修养，正是家庭美德古今相传的一个美好样本。

第二件事，每到传统节日的时候，刘书收都会走进大队部，打开大喇叭喊一喊："快过节了，家有一老如有一宝。村里的年轻后生、媳妇们，逢年过节，别忘了拎上点儿东西回娘家、婆家看一看。人人都会老，你们今天敬老孝老的模样，就是以后自家孩子敬你孝你的模板。今天你对老人付出有多少，回头孩子对你就有多少付出。在咱村里，人人都要争当孝老模范，要是成了落后分子，招人笑话……"

刘书收每一次对村民的喊话，都推心置腹，都是对善的褒扬，也是对孝的最好倡导。在大王刘庄当村支部书记的时候，刘书收对孝道文化的推进和弘扬，赢得了乡村治理的卓越成绩。外人走进这个村子，总是会被孝与爱的文化氛围所陶冶。

一个好支书，成就一个好村庄。慈善之心与共产党员的坚定信仰，让刘书收引领了一方，造福了一方。这里家风美、村风正，是社会主义新农村建设、乡村治理的一个精彩范本，也是全村人争相实践"积善以达余庆"的最好证明。家家和谐，处处和睦，这样的乡村最好，最美。

最美好的世界，也有生老病孤的个例。这个世界上，必然会有生活的困顿和人生的不幸，这个不可避免。关键是我们这个社会，应该有关爱老人、孤儿的行动，这是人类惜惜相怜的温暖，唯有这份温暖才是"人类"之所以成为"人类"的特点。

刘书收以恻隐之心为起源，为社会弱势贫困人群送温暖，他没有私心，不谋私利，就是咱中国农村人骨子里传承几千年不息的正能量。刘书收让这种正能量成为照亮贫困与孤苦的有效行动，在乡村大地上如冬日里仍旧拥有的暖阳，如大海的风高浪急里仍旧拥有的护生的方舟！

刘书收与乡亲们有缘，他从一个善良的孩童少年，成长为一个积极有为的青年，再成为德高望重的村支书，一直以来为人处世，都是时时以善缘续善行，以善行结善果的导向。这些年来，他始终不负乡土慈善文化的滋养，以最朴实的行动实践着积德行善的文化血脉。善念缘起，走向正大光明，刘书收不但修自己，也在渡他人。佛说，觉有情者是菩萨，那些受到刘书收照顾的老人，除了把刘书收当成自己的儿子，也把他当成光明普照的菩萨……

第二节　磨砺：心中有光一路坚持的无悔

沂蒙山区，是一片被岁月沉淀的土地，这里山清水秀，人们淳朴善良，这里是沂蒙精神发育成长的厚土。在这片土地上走出来的慈善爱心使者刘书收，用他朴素的仁爱大义，在十年的光阴里，一直努力为慈善事业而奋斗，他的慈善事迹如同山间的清泉源远流长，奔流不息……

刘书收出生于一个贫苦的农民家庭，他的成长历程也并非一帆风顺。然而"行善积德"的家风传承，成为他始终坚守慈善事业的信念，让他不断用善良和执着照亮身边人的生活。刘书收的父亲是一位勤劳的农民，母亲则是一名普通的家庭主妇。小时候，刘书收常常看到父母省吃俭用，却把家里本已稀少的食物用来救济邻里，父母这种无私的爱心，深深地烙印在他的心中，成为他不忘慈善初心的精神力量，传承父母的慈善精神，成为沂蒙大地上播种爱心的耕耘者，父母在他心中驻下一道光，每当有困难的时候，他就会让这道光照亮一路坚持走下来，无怨无悔！

　　他看到许多贫困家庭的孩子因为家庭困境而无法继续学业，看到许多身患重病的老人因为无法承担医疗费用而不得不放弃治疗。他的内心充满了无尽的同情和悲痛，他决定要用自己的力量去帮助这些人。他看不得老人失能无助，看不得孩子贫穷失学，看不得任何一个陌生的人生活在困难苦痛中，唯有善心，才会有这么多的"看不得"。

　　十年前，刘书收在党的好政策支持下，经营自己的企业，打拼自己的事业，先后任生产队会计、赤脚医生、自营餐饮业、加油站经理，一路走来个人的生活状况不断改善，在改善自己家庭生活状况的过程中，他始终没有忘记帮扶那些需要帮扶的人，就是老百姓所说的"家里有一碗米，也要拿出一大半分享给那些没有半粒米的人"。刘书收开始关注社会上困难群体的行动，始于朴素的"恻隐之心人皆有之"，人性本善，善贵恒久，坚持慈善事业不改初心，朴素的恻隐之心已经升华成"为百姓立生"的胸怀和境界！

于是，刘书收开始了他的慈善之路。他走遍了沂蒙山区的每一个角落，寻找需要帮助的人，顶风冒雨，春秋不辍。他捐助那些贫困家庭的孩子，帮助他们重返校园；他为那些失能无助的老人送来关爱，让他们的晚年生活可以有温情。助孤儿，帮老人，愿天下无疾，愿天下幸福。

然而，他的慈善之路并非一帆风顺，"好事难办、善行难为"也是刘书收经常遇到的困境，有人说他傻，有人说他出风头，有人说他是为了谋私利，有人说他搞噱头。然而，心念执着的刘书收无畏所有的闲话和行为，但行好事莫问前程也是他坚持一路走到今天的朴素信念。当一份长长的历经十年的慈善清单清晰地摆在人们面前时，没有人再说他是"出风头"。当他一个人捐款 150 多万元帮助沂蒙百岁老人、孤困儿童的账单得到临沂慈善总会的认定、得到时任临沂市委书记王玉君的高度评价和接见的时候，说他为了谋私利的人也闭上了嘴。这些实打实的慈善行动，没有一件是噱头，刘书收的慈善之路正大光明，走出了沂蒙使者的正大气象！

十年的慈善坚持，刘书收明白了一个道理：只有用心去感受他人的需要，不要顾及自己的得与失，才能真正帮助他们，才会让社会迎来幸福与和谐。刘书收的慈善故事传遍了沂蒙山区，他的善举感动了无数人。他的行为激发了更多的人投身于慈善事业，他的影响力已经超越了他的个人行为本身。他的故事成了一种鼓舞人心的力量，让更多的人愿意去关爱他人，去奉献自己的爱心。爱心人士刘厚坊，一次性向爱心协会捐款 10 万元，人们问他为什么出手这么大方有力？刘厚坊解释说，因为刘书收会长坚持走过十年的慈善路，凝聚起了让人特别信任的慈善品牌，我们本门本里，知道刘书收会长为人诚恳、做事诚信的品德，所以相信他敬重他，拿出 10 万元的爱心捐助当然毫不犹豫！

　　在刘书收的心中，一直有一束光芒照亮着他的道路。那是一束爱的光芒，它温暖着每一个被他的善举所帮助的人。他的心中充满了爱意和关怀，他的行动是那样的坚定而执着。他的无悔坚持，让更多的人感受到了爱心的力量。在他的带动下，沂蒙大地上有越来越多的像刘书收这样的人，用自己的行动去改变世界，用爱心去温暖每一个需要帮助的人。他们的存在让我们相信，爱心的力量是无穷的，它可以战胜一切困难和挑战。

　　让我们向这些爱心使者致敬！让我们学习他们的精神。在漫长的人生旅途中，我们都会遇到各种各样的挑战和困难。然而，有些人却能在磨砺中坚持前行，用爱心和善意温暖他人。他们就是我们心中的光，照亮了我们前行的道路。刘书收这位在沂蒙山区成长起来的爱心使者，用他卓越的慈善行动诠释了什么是无私奉献和爱心。他的事迹，就像一盏明灯，照亮了我们前行的道路，让我们看到了人性的美好和力量，让人们以刘书收的行动凝聚我们的慈善信念：帮助需要帮助的人，让这个世界变得更美好。让这个信念，在我们的心中共燃起一团爱的火焰，激励我们扶危助困，激发沂蒙正能量！

　　刘书收的慈善事迹，不仅仅体现在他的行动上，更体现在他的精神和信念上。他始终坚信，爱心是无价的，只要我们愿意付出，就能让这个世界变得更美好。相比之下，有些人可能会因为种种原因而放弃行善。他们或许会因为困难重重而失去信心，或许会因为付出得不到回报而心灰意冷。然而，刘书收却始终保持着乐观和坚定，他的行动让我们看到了什么是真正的爱心和奉献。刘书收的事迹不仅仅是他个人的成功，更是我们这个社会文化建设的成功。他的行为激励着我们每一个人，爱心不分大小，每个人都可以为这个世界做出贡献。

去关注那些需要帮助的人，去奉献我们的爱心和善意！学习刘书收的奉献精神，不畏困难坚持前行，让我们的爱心成为这个世界上最美好的光芒。

在日常生活中，当你第一次遇到刘书收会长的时候，他就是一个普通人，但进一步走进他的慈善事业，却发现他正用他的慈善坚持诠释了什么是真正伟大的平凡人！他的坚持和执着，让我们看到了磨砺的力量，让我们看到了心中有光的人是如何一路坚持的无悔。在这个世界上，每个人都可以成为那一束温暖的光，让我们跟随刘书收的脚步，将爱心传递出去，让每一个人都能感受到温暖和关爱。让我们共同见证爱心事业的力量，为这个美好的世界献上我们的一分力量。这是与刘书收会长的一次简单对话：

问：当初，为什么想到做慈善？

答：看到那些受苦受困的人，就有了要帮助他们的想法。因为这是我的村庄，这是我的家乡，这是我的父老乡亲。我不想让世间有这么多的苦难和不幸，纵然我改变不了世界，但仍旧能够尽我所能，做一点儿，哪怕是一丁点儿帮助别人的事，在这个世界上生发出爱的种子，经营出爱的绿地。

问：做慈善有没有遇到困难？

答：做任何事都会有困难，做慈善也会有困难。每当我遇到困难的时候，总是会有许多帮助我的人出现。我知道这条路并不好走，但是世上还是好人多，你在困难的时候好人总会搭把手，这让我更加坚定了前行的信心。只要坚持下去就不会后悔，只要我们大家一起努力，一定可以让我们的家乡变得更加美好。

问：最想对那些并肩行动的爱心志愿者说些什么？

我想对他们说声谢谢。没有你们的帮助，我不可能做到现在。我们会继续努力，继续为那些需要帮助的人提供帮助，同时也期望更多的人加入慈善事业中来，共同为这个社会带来更多的爱和温暖。谢谢你们，让我一路坚持到了今天。

第三节　释怀：无愧于天不怍于人的坦荡

刘书收一直拥有一颗善良乐观的心，他是善良正直的人。社会学告诉我们，要成为一名真心服务大众的慈善家，首先需要正直的人格，是一个好人。刘书收始终牢记自己的家训，他的父亲曾教育他："要记住我们都是穷苦人家出身，我们要做好人要正直，要多做好事，帮助需要帮助的人。"这句话深深地烙印在刘书收的心中，成为他人生的信条。

作为一个正直的好人，刘书收始终坚持自己的原则和信仰。他真诚、善良的品质赢得了人们的尊重和信任。他不仅是一个慈善家，更是一个传播爱心的使者。记得他当年做大队书记的时候，严格要求自己"不喝群众半杯酒，不拿群众一根针"。当支书三年，把村里账单上的四十六万元债务全部还清，并且自此之后通过壮大集体经营所得，开始为村民发放福利，村民领到米面油奔走相告，说是开天辟地头一回！

唯有正直的村支书，才可以有这样为群众谋福利的好作为。正直和无私是优秀品质的体现，当一个人被认为具有这些品质时，意味着他具有诚实、正直和公正的人格品牌。作为村支书刘书收得到村民的认可和赞赏。正直的他在处理事务时能够坚持原则和价值观，不偏袒任何一方，以公正和公平的态度处理问题。对于村支书来说，这种品质非常重要，因为这能够让村民信任和尊重他，也能够让他的决策更加公正和合理。无私则让他在处理事务时不会考虑个人利益或私心，而是以公共利益为重，全心全意为社区和村民服务。这种品质能够让刘书收赢得村民的信任和支持，也能够让他的工作更加有效和有意义。

无论在什么岗位上，我们都应该秉持正直和无私的品质，为社会和他人做出积极的贡献，尤其做慈善事业，正直和无私更是必不可少！刘书收还清村里账单意味着村庄的经济状况得到了改善，这不仅对村庄的基础设施和生活条件有积极影响，也会增强村民的信任和支持。这是一个了不起的成就，这些努力和取得的成就不仅会影响村庄和村民的生活，也会激发更多的人积极投身于社区服务和公益事业。在刘书收的身上，我们看到了这位沂蒙汉子的精神风貌是如此坚韧勇敢、无私奉献。一位正直无私的人，用实际行动诠释了什么叫作真正的慈善，什么叫作真正的爱心。他的行为激励着我们，让我们深刻认识到，只要我们有一颗善良的心，走正直的路就能够在生活中传递爱与温暖，让身边的世界变得更加美好。

挣最干净的钱，做最纯粹的慈善，这是正直的刘书收坚持慈善的可贵原则。他是慈善家，也是一位企业家，在商言商，但是君子爱财，取之有道，他以正直心做餐饮、开加油站，以"道"经商，是出了名的良心生意人。

刘书收会长是一位真正的正直美德商人，他的商业哲学和慈善事业是我们这个时代的典范。他的经营理念和商业行为展示了高度的职业道德和企业家精神，同时也彰显了他对社会和环境的深深关怀。刘书收作为企业家，经营的板泉镇西加油站不仅是一个商业实体，更是他为社会提供服务、实现正直商业价值的重要平台。刘书收深知质量是企业的生命线，他严格把控加油站的油品质量，确保每一滴油都是高品质的。这种对质量的执着赢得了顾客的信任和口碑，也为他的企业带来了持久的竞争优势。

除了保证油品质量，刘书收也注重提供优质的服务。他教导员工以礼貌热情、专业服务的态度对待每一位顾客，确保顾客在加油过程中享受到舒适愉快的体验。这种周到的服务使得他的加油站在顾客心目中留下了深刻的印象。刘书收善于关注顾客的需求，会根据季节和油价的变化，调整油品销售让利策略，以满足不同顾客群体的需求。他还非常重视员工的培养和发展，他投入资源和时间对员工进行培训，提高他们的专业技能和服务水平。

他还引领员工团队合作，共同解决问题，提升企业整体运营效率。他以这样的做法建立一支忠诚高效、正直团结的员工团队，还积极借助企业利润支持慈善事业，积极承担社会责任，这让自家企业提升了社会价值和经济价值。刘书收的正直心，让他的加油站业务不仅追求经济效益，更注重对消费者和环境的尊重。他的商业行为始终遵循公正和透明的原则，以诚信为本，为消费者提供高质量的产品和服务。这种正直心的表现，不仅赢得了客户的信任和支持，也为他的企业赢得了良好的声誉和稳定的商业地位。

他坚信挣钱需要干净，做慈善需要纯粹。他的慈善行为源于对社会的深深责任感和对人类苦难的深切同情。他不仅慷慨解囊，更积极参与到各种公益活动中，用实际行动推动社会进步和发展。这样一位真正的企业家和慈善使者，让商业行动和慈善行为都是以正直心为基础的。他的行为和成就激励和鼓舞着我们，让我们看到了一个真正的良心生意人的价值和社会责任。

在这个世界上，有些人因为他们的成就而被人记住，而有些人则因为他们的善良和无私奉献而让人铭记。刘书收就是这样一位让人敬仰的人物。他的纯粹善举让我们看到了慈善的力量和价值，也让我们明白了人性中最美好的一面。

刘书收纯粹的慈善行动，让我们看到了希望。他不仅在物质上给予了帮助，更在精神上给予了支持。他关心每一个需要帮助的人，用实际行动告诉他们，有人关心他们，有人愿意为他们付出。这种精神的支持，是任何物质都无法替代的。刘书收慈善行动，是最纯粹的爱的传递和希望的激励，清澈如水，无愧于天，不怍于人！

无愧于天，不怍于人，这是一句古老的名言，表达了人们应该勇于承担责任、无私奉献的精神。在当今社会，有许多人用自己的行动诠释着这句话的深刻内涵，其中慈善爱心使者刘书收就是一位令人敬仰的代表。

刘书收在慈善事业中燃烧自己、照亮别人。他用自己的善良和无私，践行着"无愧于天，不怍于人"的人生信念，为社会各界树立了榜样。他的慈善之路，保持着一颗悲天悯人的心，当贫困、灾难给人们带来苦难的时候，他选择在关键时刻伸出援手，用实际行动诠释着"爱无界"。他的慈善事业不仅仅是一种慷慨的行为，更是一种责任和担当。他用真诚、善良、无私展现沂蒙精神，谱写了一首爱心曲，如同一盏明灯，照亮了人们前行的道路。

他是慈善爱心使者，也是无愧于天，不怍于人的沂蒙君子。他用自己的善良和无私奉献诠释了最纯粹的慈善内涵。

让我们看到了慈善的爱心力量和社会价值，也让我们明白了人性中最美好的一面：正直的人最释怀，有爱的人最坦荡！

第四节　远眺：愿人间温暖爱心永远驻藏

刘公书收，慷慨仁者；财物无数，心犹在慈。剑影映日，犹如侠士；珠玑琼浆，似吐豪情。骑青骢马，游刃有余；善行无疆，仁者无疆。气吞山河，志在四方；白手起家，天下闻名。春风化雨，润物无声；慷慨解囊，善莫大焉。沂蒙大地，慈善新风；刘公之举，显赫春秋。此生无悔，流芳百世。

——题记

在人世的喧嚣中，爱心使者刘书收的生活经历普通却又与众不同，他的心路历程简单却又充满感动。在这个繁忙的世界里，他用他的善良和执着，为这个社会带来了一份温暖的爱心，为这个人世注入了一股清新的力量。

刘书收的慈善行动，不仅改变了无数人的命运，也改变了他自己的人生轨迹。他是一个慷慨解囊的人，用他的善良和勇气为那些需要帮助的人带来了希望。

在他的慈善行动中，刘书收给予了贫困学生资助，让他们能够继续接受教育。他的慈善行为不仅让他们获得了学习的机会，更让他们看到了未来的可能性。这些学生因此而改变了他们的人生轨迹，走上了成功的道路。

此外，刘书收还积极救助孤困老人、老党员、老兵等需要帮助的群体，为他们提供了帮助和关怀。他的行动让这些人在困难中感受到了温暖和关爱，使他们重新点燃了生活的信心。他的慈善行动对他们的生活产生了深远的影响，让他们相信还有希望还有未来。刘书收的慷慨和善良让他赢得了社会的尊重和赞美。他的行为展现了他的品质和道德观念，使他成了一个令人敬佩的人物。

为了实现"人间温暖爱心永远驻藏"这个梦想，刘书收付出了巨大的努力。他组建了慈善组织，开始了慈善之路。然而，这条路并不平坦。刚开始的时候，他的家人并不理解他的决定，朋友也对他的行为表示怀疑。他的生活变得困难，有时甚至面临着较大的经济压力。但是，这些困难并没有让他放弃，反而激发了他内心的力量。他坚信只要自己坚持下去，一定能够为这个社会带来一份温暖和希望，"人间温暖爱心永远驻藏"这个梦想就会实现。

刘书收用他的行动，向人们展示了他对慈善事业的执着和热爱。他积极参与各种慈善活动，与志愿者们一起走访贫困地区，为孩子们送去学习用品，为老人送去温暖。他的努力得到了社会的认可和支持，他的事迹感动了无数人。他的爱心和善良，让那些曾经怀疑他的人开始重新审视自己的生活，思考自己的价值。

在这个过程中，刘书收也收获了许多宝贵的经验和收获。他深刻地认识到，慈善事业需要的不仅仅是热情和行动，更需要的是持续的付出和坚持。他学会了如何与受助者沟通交流，如何理解他们的需求和情感。他也学会了如何处理困难和挫折，如何保持内心的平静和坚定。他明白，慈善事业并不是一时的冲动，而是一种长期的承诺和责任。在这个快节奏的社会中，我们往往容易被表面的物质所迷惑，而忘记了那些默默无闻、为了心中的信念而付出的人们。然而，正是这些不起眼的小事，才组成了我们这个美好的世界。

在这个世界上，有一种人他们默默地付出，不计较个人的得失，他们就是慈善爱心使者。他们用自己的一分力量，为那些需要帮助的人们送去温暖和关爱。然而，慈善事业并不是一时的冲动，而是一种长期的承诺和责任。一个真正的慈善者，不仅要在别人需要帮助时伸出援手，更要将这份爱心传递下去，让更多的人感受到温暖和关爱。在这个过程中，需要的是一种坚韧不拔的毅力和无私的奉献精神。刘书收不仅仅是为了荣誉而行动，更是为了心中的信仰而付出。

刘书收深刻地知道，慈善事业并不是一件容易的事情。它需要的是一种坚定的信念和无私的付出精神。在这个过程中，需要忍受别人的误解和嘲笑，需要承受外界的压力和困难。但是，正是这些困难和挑战，才让他更加坚强和勇敢。所以，在面对种种困难和挑战时，刘书收的心中始终充满着希望和信念。他认为，每个人都有能力为这个社会带来一份温暖和爱心，只要每个人都尽自己的一份力，就能让这个世界变得更加美好。他相信，爱心就像种子一样，只要播撒在人们的心中，就能生根发芽，开出美丽的花朵。

随着时间的推移，刘书收的慈善事业已经是沂蒙大地上的凌霄花，取得了显著的成果。他带领的慈善组织帮助了无数的贫困家庭和孩子们，他们的生活得到了实质性的改善。他的事迹被媒体广泛报道，成了社会上的正能量。他的家人和朋友也开始理解和支持他的事业，他们纷纷加入了他的团队，一起投身于慈善事业。

刘书收并没有因此而满足。他知道"人间温暖爱心永远驻藏"的路还要继续走下去，慈善事业还有很长的路要走，他希望能够在更多的领域发挥作用。他相信只要每个人都能够尽自己的一份力，就能够让这个世界变得更加美好。他希望通过自己的努力，能够激发更多人的爱心和善良，让这份力量能够传递到更多需要帮助的人心中。

刘书收的故事就像一盏明灯，照亮了人们的心灵。他用他的善良和执着，为这个社会带来了温暖和希望。他的心路历程虽然曲折而艰辛，但他的信念和坚持始终没有改变过。他相信，爱心永远驻藏在我们心中，只要我们愿意去发现和挖掘它，它就能够照亮我们的人生道路。刘书收远眺慈善未来，站高瞻远地发现：慈善而温暖的人间，正是伟大中国梦里的臻美……

协会与学校共建助学平台的
样本塑造

史　峰

近年来，莒南县尊老爱老爱心公益协会在刘书收会长的带领下，确定了协会公益项目从尊老爱老项目向扶助孤困儿童方向的不断拓展方向，通过慈善事业的拓展为开展慈善活动创新赋能，不断开创莒南县尊老爱老爱心公益协会慈善工作的新局面。

莒南县尊老爱老爱心公益协会开展慈善活动以"组织体系"为抓手，以"天下无孤"为情怀，以推动"和谐社会"建设为导向，以增强"群众获得感"为目标，与各学校取得广泛联系，借助学校扶助平台，倾情打造"爱心助学"模式，以走进莒南八中开展爱心助学为范本，形成了协会慈善项目对校园孤困学子的关怀覆盖体系，对校园孤困儿童开展物质资助、精神关怀、思想教育、慈善关爱、心理疏导、安全看护等多层面立体化的帮扶行动。

以莒南县尊老爱老爱心公益协会与莒南八中合作帮助孤困儿童为范本的"爱心助学"行动，打出了"天下无孤，爱心助学"的温情旗帜，让莒南县尊老爱老爱心公益协会工作导向"助孤帮困"焦点，带动起全局工作的新活力。莒南县尊老爱老爱心公益协会全面的助孤行动赢得了为群众办实事、解难题的美誉度，不断收获新成绩！

一、数据先行　精准助孤——助孤出口由"漫灌"优化为"滴灌"

莒南县尊老爱老爱心公益协会认为要善始善终地搞好校园孤困儿童帮扶工作，精准的数据很关键。莒南县尊老爱老爱心公益协会与学校联手，通过班级上报、走访筛查、公示确认等环节，阳光操作精准摸排出校园孤困儿童资助名单，编制详细的校园孤困儿童情况数据库，对孤困儿童的年龄、性别、健康状况、家庭背景、学业情况、资助需求等信息进行精确动态化录入，以数据库为参照常态化快速为每个校园孤困儿童的需求提供帮扶，为他们提供最精准的、最实效的帮扶服务。

数据先行，天下无孤。在数据精确的跟进下，莒南县尊老爱老爱心公益协会不断确保校园孤困儿童志愿服务者队伍有规模，有质量。继续强化政策保障、心理保障、生活保障和安全保障，帮助校园孤困儿童解决实际困难，重回健康成长道路。不断提升助孤服务的精准化、专业化、常态化、便利化水平。最终对校园孤困儿童受助方式进行了个性化、差别化的优化调整，把校园孤困儿童受助出口由大水漫灌方式，转变成了精准滴灌状态，在教育支持、经济援助、心理支持、跟踪评估等方面时时掌握着主动权，及时帮助校园孤困儿童克服困难，实现他们的梦想和目标。

滴灌式助孤出口既满足了不同校园孤困儿童的成长需要，也节约了人力、物力，实现了莒南县尊老爱老爱心公益协会工作"增效提质"的目标，解决了群众解难愁盼的问题，赢得了老百姓的普遍认同。

二、扎根校园 全员助孤——助孤体系由"扁平"化成长为"立体"化

莒南县尊老爱老爱心公益协会对校园孤困儿童的关爱方式由线性不断向面与体的方向成长。协会认为，关怀孤困儿童的社会动员程度不能过低，社会各界的参与程度不能过低。线性的助孤方式不能让助孤行动统筹社区、学校企业力量，无法形成全社会动员立体化助孤的工作局面。为了突破工作困境，莒南县尊老爱老爱心公益协会从体系建设入手，不断改变人手不足困境，至今已经发展志愿者队伍 300 余人，组织起一支特别有活力的校园慈善行动队伍，可以全方位联系学校、企业等社会各界的慈善力量，全方位地组织开展"爱心助学 圆梦行动"校园孤困儿童帮扶活动，为更多的学校孤困儿童送去更多的关怀和帮助，让他们感受到党和国家的关心、社会大家庭的温暖，帮助他们自立自强，走出困境。

莒南县尊老爱老爱心公益协会项目体系向学校拓展的成绩，不断提交着一份份走进校园爱心助学成绩单，扩大了社会认知度、扩大了影响力，通过传递正能量、推动工作创新和提高助孤效能，与学校共建慈善事业，有力地推动了莒南县尊老爱老爱心公益协会事业本身的发展，为青少年的成长和社会的和谐稳定做出了更大的贡献。由莒南县尊老爱老爱心公益协会和莒南八中合力开展的"爱心助学"项目，标志着莒南县尊老爱老爱心公益协会助孤体系已经完成由"扁平"向"立体"的转型，助孤行动向校园覆盖，努力打通"天下无孤"的最后一公里，让助孤行动扎根进学校，覆盖到全社会！

三、积极探索 多元助孤——助孤方式由"物质"兼顾"精神"

以前的助孤行动，偏重于物质资助，随着社会的发展，莒南县尊老爱老爱心公益协会敏锐地感触到校园孤困儿童的精神生活有荒漠化趋向。如何在做好物质资助的同时，兼顾校园孤困儿童的精神空间，成为莒南县尊老爱老爱心公益协会助孤改革创新的焦点。引进"学校"平台优势，从物质与精神两个层面开展丰富多彩的校园助孤行动就此展开。

莒南县尊老爱老爱心公益协会"爱心助学"服务团队为校园孤困儿童开展的多元化精神层面的助孤行动，可以很好地体现莒南县尊老爱老爱心公益协会推动"学校教育领衔，精彩多元助孤"的卓越行动。莒南县尊老爱老爱心公益协会借助学校教育资源，开展了为孤困学生讲红色故事、赠优秀书籍、参观红色基地、看红色电影、知党情报党恩跟党走主题教育活动，多层次多角度为校园孤困儿童带来精神大餐，在他们荒漠化的精神空间植种绿洲。积极以解决问题为导向干实事，在资助物质需要的同时塑造校园孤困儿童的人格精神，推动关爱帮扶由"扶困"向"扶心、扶志、扶技"拓展。

莒南县尊老爱老爱心公益协会筹集善款，用于对莒南八中困难学生的学习生活，得到了学校的大力支持，也获得了全社会的肯定。通过开展爱心助学专项活动，为社会公益事业的发展做出了贡献，引导更多的人关注和参与到社会公益事业中来，推动了社会公益事业的发展，为校园孤困儿童提供了实实在在的帮助。

精神物质双重助孤的导向，让莒南县尊老爱老爱心公益协会的校园助孤行动有及时雨的物质资助，也有了感人至深的情感温度，通过先后组织校园孤困儿童到山东省政府旧址及八路军115师司令部旧址进行"缅怀革命先烈，弘扬革命精神"为主题的教育实践活动，参加"百花齐放、百团开营"手牵手圆梦夏令营活动，"传承红色基因、争做时代新人"红色故事演讲活动，对近百名校园孤困儿童开展心理辅导、心理健康知识等内容为主的专题培训活动等，都是对校园孤困儿童开展精神关爱的精彩行动，也是莒南县尊老爱老爱心公益协会工作开创新局面的具体实践行动。协会与学校共建慈善事业，让校园充满爱以及感恩教育的回响，也让爱心协会的慈善事业之路更宽更广起来。

后　记

王德明

　　《刘书收们的乡村慈善故事》是一部以真实的笔触描绘刘书收倾情沂蒙慈善事业的好书，是发现真善美，弘扬真善美的一本优秀校本德育教材，也是学校与慈善机构合作开发校本德育教材的范例。它全方位、细节化、生动式地展现了一位沂蒙山区慈善家如何用爱心和行动实践沂蒙精神的慈善全景图。

　　刘书收是一个普通而又不平凡的沂蒙山人。他的故事从他儿时开始，一直到现在，都充满了对生活的热爱、对人生的追求、对社会的贡献。他深受父辈的熏陶和影响，从小就明白了一个人的力量有限，只有带领更多的人一起行动，才能真正为社会奉献正能量，为人间送来大温暖。

　　刘书收的故事不仅展示了他个人的成长历程，更体现了沂蒙山区的淳朴民风和中华民族的传统美德。他的慈善行动充满了爱心和无私，他带领着家人和志愿者一起参与公益活动，身体力行地走访慰问老人、老兵、老党员，支持教育、帮助贫困家庭，他的行为激发了更多的人去关注社会问题，去付出自己的力量。这本书通过刘书收的故事，可以让学生了解到一个真正的慈善家应该具备的道德品质，如善良、正直、勇敢、负责任等。这些品质不仅是一个慈善家应该具备的，也是学生在日常生活中应该培养和体现的。通过阅读这本书，学生可以反思自己的行为和价值观，从而更好地塑造自己的道德品质。

《刘书收们的乡村慈善故事》作为一本德育教材，具有重要的教育意义。为学生提供了一个真实的、接地气的模范，让学生明白即使是生活中最平凡的人，也有可能通过自己的努力温暖世界。这部作品以生动的实例展示了慈善和公益的重要性，引导学生去关注社会，去关爱他人。可以让学生明白，每个人都有责任和义务去帮助那些需要帮助的人，无论这些人是身边的邻居、朋友还是远方的陌生人。通过阅读这本书，学生可以意识到自己的行动可以对社会产生积极影响，从而更加积极地参与社会公益活动，提高自己的社会责任感和公民意识。

《刘书收们的乡村慈善故事》是一本值得推荐的学生德育工作的优秀读物。无论你身在何处，无论你的身份如何，《刘书收们的乡村慈善故事》都能给你带来深深的触动和启发。它让我们看到在世界的每一个角落都有可能存在着像刘书收一样的人，他们用行动践行着人类的善良与爱。无论是学子，还是希望引导孩子学习优良传统的家长，都强烈推荐你阅读《刘书收们的乡村慈善故事》这本书。让我们一起跟随刘书收的脚步，感受他的善良与坚韧，体验他所表达出来的"爱与责任"，让我们从他们的慈善行动中找到对自己的激励和启示，从而更好地面对生活，更好地服务社会。

（王德明，莒南县第八中学党委书记、校长。善于构建有利于学生成人成才的校园管理体系，积极与社会慈善机构开展孤困儿童帮扶行动。以身作则，团结激励教干教师扎实推进校园实干文化，是文化育人的实践者）